大雪中的山庄

〔日〕东野圭吾 著
李盈春 译

北京出版集团
北京十月文艺出版社

新经典文化股份有限公司
www.readinglife.com
出　品

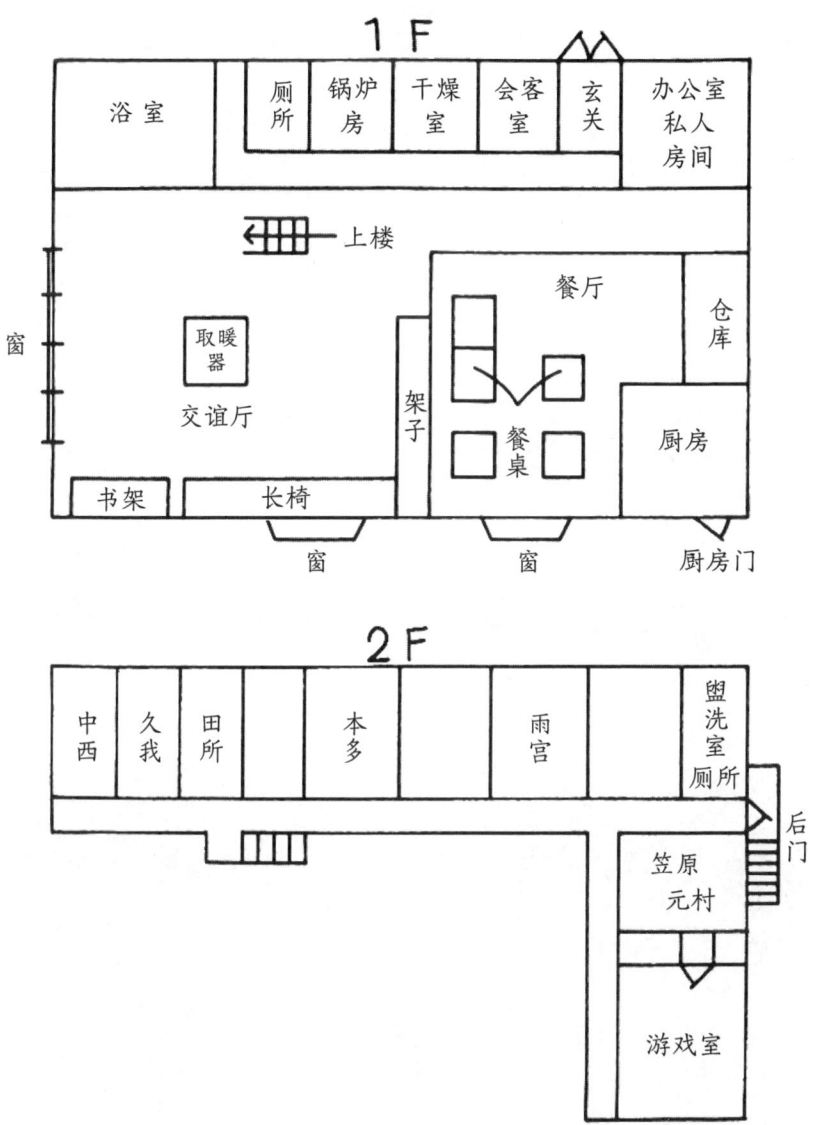

目 录

第一天   1

第二天   35

第三天   85

第四天   159

第一天

1

"四季"民宿的交谊厅里。

小田伸一调节了大型取暖器的火力,一边将手探到上面取暖,一边扫视室内,检视有无疏漏。现在是下午两点,如果路上没有太大意外,客人们应该快到了。

很好。他点了点头,离开取暖器,在角落的木制长椅上坐下,点上一根烟。他的左腿不住地晃动着,这是他等待时的习惯动作。但他旋即意识到这个动作不雅,轻拍了一下大腿,停了下来。

就在他打算点上第二根烟时,玄关传来动静。

"午安!"

是个年轻女人的声音。接着,又有好几个男女向他打招呼。小田伸一将嘴上的烟收进烟盒,穿过交谊厅,来到玄关。

"噢,欢迎光临。"他向客人们寒暄。

"呃,您就是小田先生吗?这几天要叨扰您了。"

"外面很冷吧?快进来。"

小田伸一将客人们带到交谊厅。总共有七个人,四男三女,年纪都在二十来岁。

"哇，好暖和！"

"真的呢，太好了！都已经四月了，还是冷得全身发抖。"

年轻的客人们毫不客气地围在取暖器周围。

"请问，笠原温子小姐是哪一位？"小田伸一看着便笺问道。

其中一人举起手："是我。"

"好。那元村由梨江小姐呢？"

"是我。"另一个人答道。

民宿老板点了点头。他将纸上的名字和本人逐一对照，依次叫了七个人的名字，每个人都回答了。

"不错，参加者没有变动。现在我来介绍这栋民宿的使用方法。其实也不难，那里是餐厅。"他指着交谊厅旁稍微高出一些的地方，"厨房在后面。你们谁负责做饭呢？"

被他一问，几个年轻人诧异地面面相觑。

"呃……我们要自己做饭吗？"笠原温子代表众人问道。

这回轮到小田伸一一脸错愕了。

"做饭？什么意思？"

"不是由民宿供应餐食吗？"

"不，我没听说有这种事。"

听了民宿老板的回答，客人们无不露出讶异的表情。

"请问，东乡老师还没来吗？"身材颀长的雨宫京介问道。

小田伸一转头看了他一眼，皱起眉头。"东乡先生不会来的。"

"啊？为什么？"

"没有为什么，本来就是这样，只有各位会住在这里。"

"什么？"众人一片哗然。

"老师是怎么跟您说的？"笠原温子略显焦躁地问道，漂亮的眉毛微微挑起。

"事情并不复杂。他说要包下这栋民宿四天供剧团成员使用，做饭和杂务都由你们负责，民宿的员工和老板都不需要留在这里——就是这样。不过东乡先生没有直接找我，是通过中间人传达的这些指示。"

"就是说接下来的四天时间，只有我们在这里吗？"长相粗犷的本多雄一，问话的口气有些粗鲁。

"没错。"小田答道。

"这是怎么回事？老师到底在想什么啊？"雨宫京介盘起双臂。

"总之，情况就是这样，所以我必须让各位了解厨房、浴室和锅炉房的使用方法。"小田不耐烦地说。

几个年轻人沉默不语，表情依然无法释然。

"好吧，就请您带我们过去。"笠原温子果断地说道，然后回头望向同伴。"反正想破头也没用，不如快点听小田先生介绍，免得给他添麻烦。"

其他人都没有表示异议。

"我先从厨房说起。看样子你们还没有分工，那就请一起跟我来。"

小田迈出脚步，七个年轻人也依次跟在身后。

约半个小时后，所有人又回到交谊厅。在这里说明了取暖器的用法后，小田扫视着众人，微微一笑。"说明到这里就结束了，你们有什么疑问吗？"

"我们的住处在哪里？"元村由梨江问。

小田拍了一下手。"我忘了说了,房间在二楼。有四间单人房,五间双人房,你们可以随意挑选。钥匙就在各个房间里。另外还有游戏室,欢迎各位使用。"

"有台球吗?"田所义雄做出握球杆的动作问。

"有的。"

"不可以打台球,太吵了。"笠原温子严厉地说,田所义雄扫兴地把脸扭到一边。

小田及时圆了场。"游戏室有隔音设备,不会有问题的。不过原本不是为了打台球,而是为了弹钢琴才做了隔音设计。"

"啊,有钢琴吗?太棒了!"中西贵子开心地将双手在胸前合十。

"还有什么疑问吗?"小田看着众人问。

七个年轻人都摇了摇头。

"那我就告辞了。如果有什么问题,请给我打电话,我就住在离这里十分钟车程的地方。电话号码贴在电话旁边。"说完,民宿老板拿起放在交谊厅角落的提包,"各位请好好休息,不过务必小心火烛。"

"谢谢。"众人目送他离开,表情都很沮丧。

小田离开后,七个人顿时放松下来。

"这究竟是怎么回事?老师想要我们做什么呢?"雨宫京介站在交谊厅中央说。

"莫非是想让我们通过集体生活学习团队精神?"本多雄一一屁股坐在长椅边上说道。

田所义雄听了,不由得笑了。"又不是小学生的夏令营。"

"我不认为东乡老师会有如此幼稚的想法,他一定有某种用意。"笠原温子双手叉腰，扫视着四周。

"喂，我可以上二楼吗？我想换衣服。"众人正在思索时，中西贵子大大咧咧地说。

笠原温子忍不住皱起眉头。"可以是可以，不过房间还没有分配。"

"反正有九个房间，挑自己喜欢的不就行了？我要一间单人房。"说完，中西贵子抱起路易威登的大旅行包，沿着交谊厅一角的楼梯上了楼。她打开最角落的房间，朝着楼下招呼道："房间很不错哦，你们也上来吧。"

"那我也去看看。由梨江，你要不要一起去？"

被田所义雄一问，元村由梨江也上了楼。紧接着雨宫京介、本多雄一也上去了。

笠原温子正要跟着上楼，发现还有一个人留在原地。"你在做什么？"她回头问道。

那个人是久我和幸，他双臂抱在胸前，正望着墙边的书架。"你也看到了，我在看书架。"他用平板的声音答道。

"有什么好看的书吗？"

"好不好看不知道，不过我觉得有一些奇怪的书，以奇怪的方式排列在书架上。"

"……什么意思？"笠原温子走到他身旁。

久我和幸抱着胳膊，朝书架最上层努了努下巴。"你看那里。那五种书，每种各有七本。"

温子朝他示意的方向望去，顿时屏住了呼吸。她战战兢兢地伸出手，抽出其中一本。"这是阿加莎·克里斯蒂的《无人生还》。"

"还有范·达因的《格林家杀人事件》，埃勒里·奎因的《Y的悲剧》。"

"每种各有七本，是要我们每个人都看吗？"

"也许吧。"久我和幸微妙地撇着嘴，"至少这不是巧合。每本书都是崭新的，可见是特地各买了七本。"

"是老师放的吗？"

"应该是那个姓小田的老板放的，不过当然是依照老师的指示。我不知道这有什么意义，如果纯粹只是恶作剧，恐怕不是那么有趣，因为这些书描写的都是角色一个接一个被杀的故事。"

"老师要我们读这种书做什么呢？"笠原温子讶异地将书放回书架。

不一会儿，其他人都换好衣服，从二楼下来了。等人到齐后，温子说了书的事。

"《无人生还》吗？这本书真让人毛骨悚然。"田所义雄嘴上这么说，脸上却是笑嘻嘻的。

"什么意思？那是个什么样的故事？"中西贵子似乎没有看过，向其他人问道。

"那本书写的是无人岛的别墅里，十个人一个接一个被杀掉的故事。"雨宫京介解释道，"而且他们的遇害方式，和《鹅妈妈童谣》里一首印第安童谣的歌词内容完全一样。《Y的悲剧》则是描写一个世家大族的家庭成员相继被杀的故事。至于《格林家杀人事件》，我就不清楚了。"

"那好像也是写格林家的宅邸里，住户接连被杀的故事。"本多雄一看着书架说，"其他几本也内容相近，都是推理小说中公认的经典。"

"嚄，没想到你在这方面还挺有研究的。我本来以为你只喜欢看冷硬派小说。"田所义雄嘲讽似的说。

"我就当你在称赞我好了。"本多雄一伸出粗壮的食指，指着田所答道。

"那我每种各借一本。"元村由梨江走到书架前，开始拿书，"我想，老师是要我们把这些书全部看一遍。"

"我也有同感。"田所义雄有样学样。

其他人也跟着拿了书。

"开什么玩笑，那么多书，怎么看得完啊，会看得头痛的！"中西贵子几乎是尖叫着说。

"你不想看就不看喽。不过下次见到东乡老师，如果他问你有什么读后感，你答不上来，我们可不会帮你。"抱着五本书回到长椅上的田所义雄说。

或许听到东乡的名字后无话可答，中西贵子不情愿地站起身，和元村由梨江等人一样拿了五本书。"唉，老师到底在想什么啊。"蹲在取暖器旁，贵子夸张地叹了口气。

就在大家埋头看书时，玄关的门被推开了，接着传来一个男人的声音："有人在家吗？有快信。"

笠原温子立刻起身，前往玄关，不久又快步返回。"各位，是老师的信。"

听温子一说，所有人都丢开书站了起来，把她团团围住。

"这下总算放心了。如果没有任何指示，真不知道该如何是好呢。"雨宫京介说着，和一旁的由梨江相视点了下头。

"但为什么要写信来呢？不是可以直接打电话吗？"贵子问。

"安静点。温子，你快念给大家听。"

不消田所义雄催促，温子已从信封里抽出信纸，摆出读信的架势。"好了吗？那我念了。寒暄省略。由于不想被你们提问，所以我不打电话，而是写信说明。你们现在应该很困惑吧？但这种困惑很重要，因为这是你们的舞台排练——"

"舞台排练？"田所大叫起来，"到底排练什么啊？"

"田所先生，刚才可是你叫大家安静的。"久我和幸低声提醒。

田所义雄生气地闭上了嘴。

笠原温子接着往下念。"前些日子试镜后我也说过，这次的作品剧本还没有完成。目前决定了的只有推理题材，还有舞台设定、登场角色以及大致的情节。至于细节部分，将由你们自己来创作。你们每个人都是编剧、导演，同时也是演员。这究竟是怎么回事，我想你们会逐渐了解。"

念到这里，温子停顿了一下。

"接下来，我说明一下设定的情境。你们所在的是远离人烟的山庄。虽然实际上公交车站近在咫尺，不过姑且当它不存在。你们七个人来到山庄做客，彼此的关系和现实相同，都是将在同一出舞台剧中演出的年轻演员。来到山庄的理由随意，可以是调剂心情之旅，也可以是旨在揣摩角色的集训，你们不妨依照各自的喜好设定。七位客人在山庄里遭遇到了意想不到的状况，那就是一场前所未有的大雪，导致山庄与外界完全隔绝。沉重的积雪压断了电线，电话也无法使用。雪上加霜的是，去镇上购物的老板也没有回来。你们不得不自己做饭，自己烧洗澡水，度过漫漫长夜。

雪依然在下，没有人来救援——这就是你们现在的处境。我希望你们在这种条件下处理今后将会发生的事情，同时尽可能牢记自己内心的想法和各人的应对。因为这一切都将成为作品的一部分，反映在剧本和演出上。为了让这次的作品获得成功，希望你们务必全力以赴。祝各位好运。东乡阵平。又及，电话实际上可以使用，如果发生什么状况，可以和小田先生或我联络。但一旦使用电话，或是和外人发生接触，这次实验即告中止，同时立即取消日前试镜合格的资格。"

笠原温子抬起头。"这就是信的全部内容。"

好一阵子，谁也没有说话。连中西贵子都露出沉痛的表情。

雨宫京介吐出一口气。"真像是老师的作风，居然想到这么匪夷所思的做法。"

"是要我们通过实践来揣摩角色吧。"笠原温子说着，把信纸放回信封。

久我和幸从她手里接过信，又看了一遍，然后说："不光是揣摩角色，根据老师的指示，是要我们自己创作舞台剧。"

"真是的，为什么老师总是这样呢？从来不以常规的方式创作戏剧。"中西贵子抓着头说。

"不过他就是靠这种不按常理出牌的方式出名的，这也是事实。"本多雄一不客气地说道。

"可是这次也太反常了。"田所义雄说，"还特地租下这栋民宿。如果只是为了这个目的，在剧团的排练场也一样可以啊。"

"不不，排练场没有这种氛围，我觉得这个实验很有趣。"

"我也有同感，觉得很让人期待呢！"

雨宫京介和笠原温子已经跃跃欲试了。

"哎呀，我也没说不想做，只是觉得有点麻烦罢了。"中西贵子说完，挺起饱满的胸脯。

"换个角度来想，这说不定很有意思。毕竟现实中没法体验这样的经历。"由梨江低语着，看着窗外，"在大雪封闭的山庄里……吗？"

其他人也跟着她望向窗外，外面是一片晴朗的蓝天，与东乡老师给予的设定形成鲜明对比。

久我和幸的独白

一切都始于两天前东乡阵平的来信。距离公布试镜合格已过去一个多月，试镜时只说过后会有进一步指示，但一直音讯全无，令我困惑不已。因此收到信时，着实松了口气。然而看了信的内容，我又产生了新的不安。信上写了如下内容：

致下部作品的各位演出者：
  为了完成这部舞台剧，将举行特别研讨会。日程安排如下：
地点　乘鞍高原××××四季民宿（电话×××× 小田）
日期　四月十日至十三日
集合时间和地点　下午四点前抵达会场
  不得向外人透露此事，也不得告诉剧团其他成员和工作人员。此外，不接受任何关于会议内容的询问。缺席者或未准时集合者，不论理由为何，均取消参加资格，同时取消试镜合格的资格。

收到信不久，温子就打来电话。她也收到了信，所以来跟我商量这件事。她提议当天七人一同出发。如果向租车公司租辆厢型车，不仅可以节约交通费，最重要的是可以确保谁也不会迟到。

又不是幼儿园的郊游，几个大人还要结伴前往，让人觉得怪怪的，再想到要和田所、雨宫近距离相处几个小时，心情就很沮丧。不过可以和元村由梨江长时间在一起，对我来说具有极大的吸引力，足以令那份郁闷烟消云散。于是考虑之后，我同意了温子的提议。

雨宫和本多负责开车。雨宫开车时，由梨江坐在副驾驶座，让我心里快快不乐。在第一个服务区休息时，田所把她叫到了后座，我因此有幸坐在她对面。田所这种轻浮的男人偶尔也会歪打正着。他坐在由梨江旁边，比我更方便跟她说话，我也姑且不跟他计较了。

车里的话题一直围绕着老师要我们在乘鞍高原的民宿做什么。温子认为，可能是想让我们住在那里，一起讨论舞台剧。但若只是为了这个目的，完全没必要特地把我们叫到深山里的民宿。最后直到抵达会场，大家也没有得出什么结论。

四季民宿是一栋朴素的山庄，让我稍稍放了心。我本来以为会是一栋迎合年轻人的口味、装饰得如同游乐园的旅馆，但看到民宿老板小田先生，我就知道绝无这种可能。这个中年男人给人的感觉是纯朴、正直，好像会在晚饭后弹着吉他唱起雪山赞歌似的。得知民宿老板不会留下，我有些惊讶，但也可以理解。以东乡阵平一贯的行事风格，的确不可能在创作戏剧时允许外人在场。

然后就是东乡令人疑惑的指示。

看了导演寄来的快信，老实说，我觉得很厌烦，完全无法像雨宫、温子那样轻率地欢呼雀跃。我早就发现那位导演的才华已经日渐枯竭，现在看来真的是江郎才尽了。独断专行、事无巨细一手掌控本是他的过人之处，如今却沦落到要求助于演员来寻找灵感的地步，可见是彻底没救了。在他眼里，演员只不过是棋盘上的棋子而已。不，如果他只是稍微改变方针，我也不至于如此反对，但这种纯属一厢情愿的计策，只会让我觉得他那逐渐枯萎的才华之树在垂死挣扎。而且如此陈旧的设定是怎么回事？在这种已被用滥的情境设定下，又能指望我们想出什么新点子呢？

不过我一个人反对也无济于事。这个行业就是这样，演员常常不得不服从导演的胡乱指挥。只要圆满应付过这四天就好，反正这种游戏不会有任何成果。

对我来说，倒不如利用这个机会，达成另一个目的。这次将和由梨江在同一个屋檐下共同生活四天，只要好好把握，完全有可能一鼓作气缩短彼此之间的距离。

但是，绝对不能疏忽大意，毕竟田所也有相同的打算。不过没必要把他放在心上，雨宫才是必须提防的对象。由梨江出于孩子气的憧憬，误以为自己爱上了雨宫，千万不能让她这种错觉演变为真心。

2

交谊厅。

众人采纳了笠原温子的提议,以抽签的方式决定谁来负责下厨,结果今晚是由元村由梨江、久我和幸和本多雄一负责。他们在厨房准备晚餐时,其他人在取暖器旁看那五本书。

"目前我们只知道这是一出推理剧,从设定来看,我们当中应该会有人被杀吧?"雨宫京介合上书,双臂交抱在脑后,伸出一双长腿。

"这几本书大抵都是这样的情节。"笠原温子答道,"《无人生还》里,十个人全都遇害了。"

"哎?全都被杀了吗?这表示别墅里还藏着另外一个人喽?"中西贵子哗哗地翻着书,却无意去看内容,一脸恍然的表情点着头说。

"不是。除了那十个人,别墅里并没有其他人。"

"可是,不是所有人都死了吗?难道凶手就在他们当中?"

"没错。"

"怎么回事怎么回事？快告诉我！"中西贵子两眼发亮，拉着温子的毛衣袖子问。

"要别人告诉你之前，你好歹也看点书吧。除了个性以外，没有文学修养也是成不了名演员的。"田所义雄的语气里带着几分嘲讽。

贵子紧抿着嘴，朝他怒目而视。田所佯作不知地低头看书。

"我稍后告诉你。"笠原温子出言安抚。但中西贵子沉着脸说："不用了，我自己会看。"

说完，她拿起书，远远地坐到长椅上，把书举到眼睛的高度看了起来。但这种姿势没维持多久，她又把书放回膝上，问其他三人："如果接下来发生什么事，那究竟会是谁干的呢？这栋民宿里除了我们，没有其他人啊！"

"我也想过这个问题。"雨宫京介说，"如果只有我们这群毫不知情的人，别说杀人了，根本不会有任何事发生。所以只有一种可能，就是有新的人物登场。"

"你是说，除了我们，还有别的演员？"田所问。

笠原温子也瞪大眼睛说："试镜的时候老师说过，演员就是我们这几个人。"

"我也记得他这么说过。可是只有这样想，一切才符合情理啊。"

或许是觉得雨宫京介的看法有道理，其他三人都没有作声。

这时，本多雄一过来了。"晚饭做好了，各位现在就吃吗？"

"我要吃。"中西贵子说，"今晚吃什么？"

"咖喱饭。"

听了本多的回答，田所义雄不禁笑了。"简直就像运动社团集训或是童子军露营时吃的东西。不能做点更像样的晚饭吗？"

"什么是更像样的晚饭？"

"比如牛排啊炖肉啊之类的。"

"那明天你做不就好了。"本多微微涨红了脸，作色说道。

"喂，你们不要为这种无聊小事吵起来。"笠原温子不耐烦地站起身，"田所，是你不对。咖喱饭已经很好了。我想你也知道，按照设定，这里是被大雪封闭的山庄，不应该有过分的要求。如果你觉得不满意，也没人拦你，尽管出去吃全套法式大餐好了，想吃什么就吃什么。不过你要知道，迈出门的那一瞬间，你就失去了资格。"

被温子连珠炮般一通数落，田所义雄把脸扭到一旁。本多雄一幸灾乐祸地窃笑。

久我和幸和元村由梨江从厨房推出餐车。"各位，晚餐已经准备好了，请入座吧。"

听了由梨江的招呼，众人陆续来到餐厅，在两张四人桌拼成的八人餐桌前落座。确认大家都坐下之后，久我和幸用盘子盛了饭，递给由梨江，她淋上咖喱，本多雄一再附上汤匙，放在各人面前。

"好香的味道，让我食指大动。"坐在角落的雨宫京介吸着鼻子说。

"别客气，已经拿到的人可以先吃。"看到谁都没有急着用餐，元村由梨江说道。不过最后还是等负责下厨的人也就座后，大家才拿起汤匙。有几个人小声说："我要开动了。"

好一阵子，众人默默无语，只听到汤匙碰到盘底和往杯里倒水的声音。

最先开口的是田所义雄。"厨房值日的组合，接下来四天都不会改变，是吗？"

"是啊。"笠原温子回答，"不然每个人轮值的次数会不一样，那就不公平了。"

"你对分组有什么意见吗？"中西贵子也问。

"不是的。如果人数一直不变，现在这样当然可以，但是以后可能会有变化。"

"为什么会有变化？"温子问。

田所义雄撇撇嘴笑了。"你已经忘了刚才说的话吗？接下来我们当中很可能会有人被杀，到那时，人数不就改变了？"

"有人被杀？什么意思？"久我和幸不是问田所，而是问笠原温子。

温子把刚才和雨宫京介等人的讨论告诉了负责下厨的三人。

"这样啊，就是说接下来可能会发生命案？"本多雄一凝视着早就吃得精光的盘子，"不过并不是真的死亡，没必要考虑厨房值日的事吧。"

"哎呀，那就太奇怪了。东乡老师指示我们要全心投入故事中的角色，那么，扮演被杀角色的人就不能再出现在我们面前，也不能和我们一起吃饭。"

"其他人也要当他不存在了。"中西贵子扫视着大家，"扮演这个角色的人真可怜。"

"可是现在考虑这种事，不觉得很不自然吗？"元村由梨江开口了，"我们现在应该已经成为登场的角色，因此，对接下来会发生什么事应该一无所知才对。我们现在要考虑的，是什么时候才能离开,会不会有救援队赶来之类的问题。"

她的语气很沉静,但反而更有说服力,所有人都沉默了。她又补充道:"这顿晚饭也一样,我们根本没有心思悠闲地吃饭,按说应该提不起多少食欲,但又必须充分摄取营养,所以才会想到做咖喱饭。"

这与刚才笠原温子对田所义雄说的话不谋而合。似乎是想到了这一点,中西贵子望向田所,扑哧一笑。田所绷着脸。

"那我再来一盘咖喱饭。"本多雄一突然说道,然后站起身,"毕竟也不知道会被困在这里多久,得储备足够的能量。"

"我也要添饭。"中西贵子跟着说。

久我和幸的独白

田所义雄是个愚蠢的人。观察蠢人虽然可以消磨时间,但蠢到那个程度实在令人恼火。

他提出厨房值日组合云云,打的什么算盘一眼就能看穿。分明是想和由梨江同一组,却要硬扯什么会有人被杀的歪理,结果被由梨江指出逻辑上的矛盾,当场哑口无言,成了笑话。

田所还没发现我也对由梨江有意,只一心提防雨宫,我当然不会错过这个机会。

吃完饭后,我们几个负责下厨的人再次回到厨房。准备晚餐时有本多雄一在旁,很难和由梨江单独交谈,现在本多在收拾餐厅,对我来说正是大好时机。

我把洗干净的盘子放回餐柜,试探着提起由梨江今年冬天演出的舞台剧。她停下正在洗盘子的手,皱起眉头。"我不太想回忆那个角色。"

"为什么?"

"因为直到最后,我也未能展现出理想的演技,感觉整出戏都被我一个人毁掉了……"由梨江叹了口气，显得很沮丧。

"我不这么觉得。你难得演坏女人，令人耳目一新。"

"称赞我的人都是这样说，可那和我的演技没有关系，不是吗？可见我的表现确实不合格。"

"你对自己要求太高了。"

"没那回事，我是真的还差得远。"由梨江摇摇头，继续忙着洗盘子。

看到她这样的反应，我心想原来她并非毫无所觉。事实上的确如她所说，今年冬天的舞台剧中，她的演技不尽如人意。她甚至无法区分女人从内心深处迸发的愤怒和单纯的歇斯底里，对深爱之人的感情也演绎得肤浅而无新意。明明应该是个让观众恨得咬牙切齿的角色，却被她演成一个只是小有心计的坏女人，没有表现出舞台剧真正的主旨。

归根结底这是选角不当，坏女人是剧中仅次于主角的重要角色，却让此前只演过千金小姐的由梨江来担纲，背后自然另有隐情。当时我还不是"水浒"剧团的成员，不知道详细情形。不过她的父亲和商界关系密切，为剧团提供了全面的支持，显然和这件事脱不了干系。她的父亲爱好戏剧，应该是希望她通过演出这个角色，赢得演技派的声誉吧。

我偷觑了一眼由梨江的侧脸。就算不借助父亲的力量，她在剧团里的地位也不会和现在有多大差别。虽然她的演技即使有心恭维也夸不出口，但单凭美貌就足以登上舞台。证据就是，之前试镜入选时，其他女人嫉妒的不是她的好运，而是她的容颜。

我一直忘不了一年前第一次看到她演出时的情景。那出舞台剧平淡无趣，由梨江的演技也不敢恭维，但她的可爱俘获了我的心。从那以后，只要有她的戏我肯定会看。要设法接近她——我开始认真考虑这件事。

机会很快就来了。"水浒"剧团的导演东乡阵平宣布，下一部作品的演员通过试镜决定，不论是不是剧团成员都可报名参加。

当时我所在的剧团虽然有名，经营状况却不佳，同伴们都失去了信心，相继离开，我也是在外打工的时间多过排练的时间。

试镜的条件很简单，只要有意参演东乡阵平的新戏，任何人都可以报名。不过那是部怎样的作品、需要扮演何种角色以及录取多少人，全都不得而知。

我毫不犹豫地报了名。元村由梨江作为剧团成员当然也会参加试镜，而且会顺利入选。这就意味着，只要我试镜过关，就可以和她共事。我也做好了心理准备，万一落选，恐怕这辈子都没有机会和她说话了。同时我也真心认为，这是我作为演员最后的成功机会。

顺利通过资格审查后，我来到试镜会场。试镜者约有三百人，如我所料，其中有数十名"水浒"的成员。余下的试镜者当中，百分之九十都是没有自知之明的外行人。我因此确信只有"水浒"的成员才是我的对手。

那天进行了两轮试镜，第二轮后只剩下二十来人。除我以外，只有两人不是"水浒"的成员。那两人都是年轻女子，容貌尚可，个性却不突出，显然会落选。

三天后举行的最终试镜，考试内容是让演员现场表演。剧团准备了几个改编自莎士比亚戏剧经典片段的现代风格剧本，试镜者可以挑选自己喜爱的作品表演。我选择了《奥赛罗》，因为我以前演过这个角色，也很喜欢。评委的反应还不错，有几个人点头嘉许。当时我就相信我会通过。

其他试镜者主要选择《哈姆雷特》《罗密欧与朱丽叶》等大众耳熟能详的作品，我本以为年轻女人都会想演朱丽叶，没想到她们却对这个角色敬而远之。当我得知元村由梨江要演朱丽叶时，心头的疑问便涣然冰释了。如果和她演同样的角色，势必会被评委拿来比较，而其他女人自然都掂量过，知道自己比不上由梨江的美貌。

看来她们料得不错。除了由梨江，只有一个人演朱丽叶，而合格名单中没有她的名字。在我看来，她的演技比由梨江强上好几倍，所以果然还是吃了演同样角色的亏。作为女演员，那个女人在外貌上确实没有优势，如果是不够专业的评委，就会被在她之前表演的由梨江的美貌迷惑，无法做出正确的判断。

就这样，七名合格人选确定了，只有我不是"水浒"剧团的成员。试镜后，我和其他六人见了面，做了自我介绍。只有田所义雄毫不掩饰地露出把我当外人的眼神。从他的眼神我就知道，这是个品性卑劣的人，而且试镜时我也看得很清楚，他对由梨江有爱慕之意，于是我下定决心，除非必要，绝不和此人交谈。

雨宫京介和笠原温子属于每个剧团都会有的优秀领导者，虽然没有过人的实力，但很有领导能力。本多雄一乍看脾气暴躁、粗枝大叶，但我在试镜时就发现，他在表演方面实力很强。中西贵子其实也颇有才华，并不只是个花瓶。

还有元村由梨江。她对我这个新加入的人很亲切，可能是奉行博爱主义。我认识好几个表面博爱、内心精于算计的人，但她显然不是那种人。说到作为演员的才华，不得不遗憾地承认，她在我们七人中排名末位。不过对我来说，这件事并不重要，重要的是她是否适合做我的终身伴侣。

我一定要把握好这个机会——看着身旁把餐盘擦得叽叽作响的她，我再次在心里发誓。

之后，我们聊了几句舞台剧。虽然我都是在小剧场演出，她还是对我演过那么多舞台剧感到惊讶。我故意谦虚地说："也不算什么啦。"如果她能因此意识到，雨宫京介其实并没有那么了不起，我便大有胜算了。

"久我先生，你为什么想当演员呢？"由梨江问。

太好了！这证明她开始对我感兴趣了。"也没什么。"我回答，"我做过很多工作，也尝试过演戏，感觉还是表演最适合我，不知不觉便全心投入了——大致就是这样吧。"

"是吗？不过这说明你确实有这方面的才华啊。"由梨江看我的眼神似乎有了些微变化。

"由梨江小姐，你为什么要当演员呢？"我佯作无意地直接叫她的名字。这是我第一次这样叫她，如果她没有面露不悦，就可说是一大进展了。

"这是我从小的梦想。家父爱好戏剧和音乐剧，时常带我去观赏，渐渐地，我希望自己也能站到那华丽的舞台上。"她两眼闪着光亮回答。这是很常见的事，有钱人家的千金小姐想当演员，通常都是这样的心态。

"你已经实现了儿时的梦想，真是太好了。"我恭维道。没有女人不喜欢听到这样的夸赞。

"不过我还青涩得很,还有很多东西要学。我打算今年去伦敦或百老汇,不只是观赏剧目,还想进行正规学习。"

好大的口气,富家小姐就是不一样。

"你一定会成功的。"我毫无根据地断言。

由梨江看着我,浅浅一笑。我发现她的眼里随即蒙上了一层阴影,仿佛从梦中清醒过来。难道有什么障碍吗?

我还想再聊下去,但本多雄一收拾完餐厅回来了,只能就此打住。第一个晚上就聊了这么多,可算饶有收获,但她那眼神令我难以释怀。整理完毕后,走出厨房,只见雨宫京介和田所义雄正在交谊厅里看书,应该就是那几本推理小说。你们好好看吧,至于我,只要是公认的经典推理小说,全都谙熟于心。

"雨宫先生,温子她们呢?"由梨江问。

田所似乎对她没问自己感到不满,从书上抬起头,脸颊微微抽搐。

"她们去洗澡了,"雨宫回答,"说是要好好享受这里的温泉。"

"是吗?"她露出犹豫的表情。如果她去洗澡,我也要紧随而去,于是我没有坐下,假装欣赏墙上贴的风景照。我瞥了一眼田所义雄,他也在留意由梨江的动向。

最后她没有去洗澡,而是坐到雨宫京介身旁,两人开始漫无边际地聊起推理电影。我忍不住咂舌,田所义雄应该比我更沉不住气。果不其然,他拿着正在看的书走过去,厚着脸皮拖过一把椅子,坐在两人面前说:"说到推理电影,我也有兴趣听听。"

就这样,他硬是挤进了谈话。由梨江和雨宫没有表露出不快,不过内心一定觉得他很碍眼。不管怎样，田所毕竟有效阻止了两人关系进一步发展，因此我破例对着他瘦削的背影暗暗为他加油。

"久我，不喝点酒吗？"和我一样闲得无聊的本多雄一做了个倒酒的手势，"我带了苏格兰威士忌来，不过是便宜货。"

"好啊，我陪你喝几杯。"

本多回房间拿了酒来，倒进杯里，我们面对面坐在餐厅的餐桌前。本多也邀请了雨宫他们，但他们只是应了一声，并没有过来的意思。

"听说你以前在'堕天塾'？"啜着用自来水稀释的酒，本多问我。

"是的。"

"难怪我从试镜时就觉得你与众不同。听说'堕天塾'要求很严格。"

"但是剧团体制有些僵化，新来的演员都待不了多久。再加上风格比较保守，市场号召力也在下滑。"

"是吗？我去年看了《伯爵的晚餐》，觉得很有趣。"

"那出戏是还不错。不过它也引发了内部矛盾，原本打算稍微改变角度来演绎德古拉伯爵的故事，但年轻演员认为那样很无趣，于是以十足的游戏心态来演，有意识地引入了超剧场元素。可是对于多年坚持传统表演方式的演员来说，这等于否定了他们一直以来信守的理念，所以他们很不高兴。"

"在那之前，'堕天塾'主要是演莎士比亚的作品吧？"

"是啊，没戏演的时候就演《哈姆雷特》。不过这几年，整个戏剧界都有偏爱经典剧目的倾向，不是吗？"

"比起原创剧本，演这种怀旧的剧目更能吸金。现在每家剧团都是赢利大过天。"

本多雄一点点头，又啜了一口兑水的威士忌。他说话的口气还是很粗鲁，但我第一次见他这么专注地讨论，他果然热爱戏剧。

"说到莎士比亚，你的《奥赛罗》演得很好，我是说试镜时的表演。"

"噢，那次吗？我演得很不自然。"虽然并不如此认为，我还是这样谦虚地说，"记得你当时是演《哈姆雷特》？"

"我演得很粗糙，因为一反常态地感到很紧张。"本多露出苦涩的神情。

"哪里，没那回事。其他人的演技都不脱窠臼、毫无个性，你在其中显得特别耀眼。"

演技毫无个性的代表就是田所义雄。我本想借机刺一下他，但他似乎正忙于和雨宫竞争谁跟元村由梨江说话的次数更多。

"关于那次试镜，我有一个疑问。"我说。

"什么疑问？"

"除了元村小姐，还有一个人演朱丽叶，就是短头发、体态略显丰满的那个。"

"哦，她吗？"本多雄一缓缓点头，"她是麻仓雅美。"

"对对，就是这个名字。她没有通过试镜，我觉得很不可思议。看她的演技，我以为绝对会入选。"

"嗯，她的演技的确颇受好评。嗯，没错。"本多的语气似乎有些吞吞吐吐，"不过评委的观感因人而异，也会受个人喜好的影响，所以试镜能否入选，很大程度上要看运气。"

"说得也是。不过,我很希望再欣赏一次她的表演。她是麻仓小姐,对吗?如果是'水浒'剧团的成员,以后应该还有机会见面。"说话间,我隐约感觉到了视线,转头一看,雨宫京介他们已停止了讨论,正看着我。

"麻仓怎么了?"雨宫问。

"没什么。"本多回答,"久我说,看了麻仓的表演,很佩服她。"

"是说她演的朱丽叶吧?"由梨江挺直了后背,"真的很精彩,我都被打动了。"

"真希望有机会和她聊一聊。"

听我这样说,两人瞬间都闪过一抹慌乱之色。雨宫京介随即说:"嗯,等回去了,会介绍你们认识。"

"拜托了。"

"你这么随口答应合适吗?"听着我们的对话,田所义雄微微瞪了雨宫一眼。

"应该没问题吧。"

"谁知道呢。"田所站起身,"好了,我去洗澡了。"

本多雄一跟着站了起来。"那我今晚也到此为止。你还喝吗?"

"不,我已经够了。"

我很想问刚才田所那句话是什么意思,但对他们来说,那似乎是个尴尬的话题。等我收拾好酒杯,回到交谊厅,雨宫和由梨江已经离开了。

我的房间是二楼从边上数第二间单人房,左边是中西贵子的房间,右边是田所义雄。我在意的由梨江则和笠原温子一起住在游戏室隔壁的双人房。虽然我绝无半夜偷偷溜进她房间的念头,

29

但想到她不是一个人住，就有些扫兴。不过这样也好，可以防止田所夜里去跟由梨江私会，由梨江也不会和雨宫发生肉体关系而使得感情突飞猛进。

我趁其他人都不在时去洗了澡，换上休闲服代替睡衣，来到交谊厅。遗憾的是，那里已空无一人，自然也没有由梨江的踪影。于是我上了楼，想到几位女士有可能在游戏室，便走向那里。

走在走廊上，可以看到楼下的交谊厅和餐厅，另一侧是各个房间的门。从餐厅上方经过后，从走廊分出一条笔直往右的岔道。沿着岔道拐过去，尽头就是游戏室，途中也可以看到下方的餐厅。如果径直往前不拐弯，就会来到紧急出口。

站在游戏室门前，里面隐约传来钢琴声。我推开门，虽然自觉声音并不大，演奏还是戛然而止。弹琴的是中西贵子，笠原温子站在一旁看乐谱。两人同时回头看我。

"对不起，"我向她们道歉，"我不是有意打扰。"

"哎呀，没事啦。你也来弹弹看？"

中西贵子要站起来，我连忙摇手。"不用了，我不大会弹钢琴，请你继续弹。你刚才弹的是莫扎特的《安魂曲》？"

"我正在练习。"说完，贵子和笠原温子对视了一眼。

我仔细一看，那并不是真正的钢琴，而是会发出电子音的电子钢琴。

元村由梨江不在这里，留下也是无益，但立刻转身离开感觉又怪怪的，于是我环视室内。除了台球桌外，还有足球游戏台和没有接通电源的弹球机，墙上挂着像是小学教室里用的那种老旧扩音器，应该是用来呼叫客人的吧。扩音器旁并排挂着飞镖标靶，却没看到最重要的飞镖。有一扇看着像是储藏室的门，可能是放在那里了。

"久我，你会打台球吗？"贵子问。

我回答说，打得不好。

"那要不要打一下？我也很久没玩了。"

"不，我今晚要休息了。"

"是吗？那就明天吧。"

"好的，明天来打台球。晚安。"我边开门边说。

两人也回了声"晚安"。

游戏室隔壁就是由梨江和笠原温子的房间，这意味着现在由梨江独自在房间里。我站在门前，打算跟她道晚安。旁边的墙上有面镜子，我对着镜子一照，嗯，这张脸还挺帅气的。

就在这时，我在镜子里看到田所义雄从房间出来了。他朝我这边瞥了一眼，便沿着走廊快步走来。

"你在干什么？"他气势汹汹地问。

我想做什么是我的自由，有义务告诉你吗？——我很想这么说，但还是咽了下去。"我刚刚去了游戏室，中西小姐在里面。"我没有提笠原温子的名字，是因为不想让他知道由梨江现在一个人在房间。"你呢？"

"我去洗手间。"说完，他沿着走廊径直向前。

我回到房间后，一直留意着右侧房间的动静。虽然觉得应该不至于，我还是担心田所这个傻瓜会硬闯由梨江的房间。好在没多久就听到了他回房间的声音，我终于可以安心地躺到床上。

31

3

游戏室。

久我和幸离开后不久,中西贵子坐在台球桌的一角,说:"他还蛮不错的。长得带点混血儿的味道,身材也很棒,要是再高个五厘米,那就完美了。"

"可是,我不太喜欢跟他打交道,猜不透他心里在想什么。"笠原温子微微侧着头。

"因为他不是我们剧团的成员,难免会有这种感觉。"

"话虽这么说,还是莫名地有点讨厌。他说话总是彬彬有礼,也让人觉得别扭,说不定心里根本看不起我们。"

"怎么会,你想太多了。他看不起我们什么呢?"

"比如作为演员的能力或是人品等等。雨宫也说过,他很有实力。你还记得试镜时他的表现吗?"

"我当然不会忘记。"中西贵子扭过身,"尤其是舞蹈考试的时候,他品位出众,又很性感,看得我神魂颠倒。"

"你乱讲什么呀。"笠原温子苦笑,"不过他确实很出色。不仅舞技出类拔萃，《奥赛罗》的表演也很棒。拥有如此实力，却不被机遇眷顾，一直埋没至今，这样的人对我们这种演艺生涯相对一帆风顺的人，会怀有一种近似恨的感情。"

"那我就去融化他的恨。"中西贵子蛇一般地扭着身体，然后敛起笑容说，"好了，不闹了，我也差不多该去休息了。"

"你早点去休息比较好，我看你好像有点醉了。"

两人带到游戏室的葡萄酒已经喝完了一瓶。

"那我去睡了，你还要继续弹吗？"

"嗯，我再弹一小时左右。"

"你真用功。"贵子说完，用力伸了个懒腰，"那就晚安啦。"

"晚安。啊，对了，可以麻烦你把交谊厅和餐厅的灯关掉吗？"

"好啊。"中西贵子头也不回，扬起手挥了挥回答。

游戏室里只剩下笠原温子一个人。她戴上头戴式耳机，把插头插进电子钢琴的插孔，然后开始弹琴。约一个小时的时间，她默默地弹着琴，除了偶尔停下来按摩双手、转动肩膀、挑选乐谱，几乎没有休息，一直在弹奏。钢琴上放着一只小闹钟，指针已指向十二点多。

就在她开始弹奏不知第几首曲子时，游戏室的门缓缓打开了。

温子并没有察觉。钢琴放在和门相对的墙边，她背对着门，而且戴着耳机，沉浸在演奏中。

入侵者弯着腰，尽量不发出声音地小心前进。此人身体弯得比台球桌还低，逐渐从背后接近温子。入侵者来到身后时，笠原温子依然专注地弹着琴。琴声只有她自己才能听到，静寂中，只能隐约听到敲击琴键的声音。

入侵者突然挺直了身体。与此同时，笠原温子可能察觉到了动静，或是从钢琴表面看到了映出的人影，她停下了舞动的手指。但还来不及转身，入侵者已毫不犹豫地用耳机线从背后勒住她的脖子。

只有那一瞬间，笠原温子发出了声音。她似乎一时间不知道发生了什么，身体用力后仰，挣扎着试图扯开勒住脖子的耳机线。椅子翻倒在地，她也倒在了地上。入侵者没有放松力道，继续用力勒紧耳机线。

不久，笠原温子不再挣扎，身体软了下来。但入侵者为了稳妥起见，并没有立刻松手。确信她已死亡后，入侵者终于松开了耳机线，走到门口，关了游戏室的灯。

入侵者解开勒在温子脖子上的耳机线，开始拖动尸体。黑暗中，只听到尸体和木地板摩擦的声音。

第二天

1

早晨的交谊厅。

墙上的时钟指向七点。第一个起床的是雨宫京介,他环顾四周,确认其他人都没起床之后,给取暖器点上火。窗外一如昨天,晴空万里。

"哟,你真早啊。"久我和幸从房间出来,低头跟楼下的雨宫打招呼。

"早,因为我负责准备今天的早餐。"

"可是其他人好像还没起床。"说着,久我拿着毛巾和牙刷走向盥洗室。

不久,田所义雄和元村由梨江也分别走出了房间。

"早安,昨晚睡得好吗?"前往盥洗室途中,田所问由梨江。

"嗯,感觉比平常睡得更香。"

"你一定是累坏了。"

可能是被他们的说话声吵醒,本多雄一也起来了。

洗完脸,由梨江说要回房间护肤,四个男人就在交谊厅等着几位女士。雨宫和本多看书，久我和幸做柔软体操。田所义雄似乎想不出该做什么，起身走向玄关。

"你要去哪儿？"正在看书的雨宫京介抬头问道。

"去看看有没有报纸。"田所粗声粗气地回答。

"也许会有报纸送来，不过不能去取。"雨宫说，"你忘了吗？这里是被大雪封闭的山庄，以常理来说是不会有报纸送来的。"

田所露出恍然大悟的表情。或许正如雨宫所说，他确实忘了这件事。但他拍了拍脖颈说："我没有忘，只是觉得像这样没有任何事发生，严格遵守也没有意义。"说完，他坐回原来的位置。

元村由梨江终于从房间出来了。下楼途中，她扫视了一眼众人，问他们："咦，温子呢？"

"不知道。"雨宫京介答道，"今天早上我还没见过她。"

"奇怪。"由梨江歪着头走下楼梯，"我起床时，她的床上没有人，所以我也没见过她。"

"难道是出去了？"本多雄一喃喃道。

"不，这不可能。"雨宫当即否定，"她不会忘记这里是被封闭的山庄的设定。"

"哎呀，大家都这么早啊。"睡得头发凌乱的中西贵子在他们头顶高声说话。她刚起床，还没有洗脸。

"贵子，你知不知道温子在哪儿？——你不可能知道的吧。"雨宫问过之后，又自己否定了。

"温子？她不在房间吗？"

"哪里都找不到她。"元村由梨江说完，疑惑地歪着头，"对了，温子昨晚几点回房间的？我先睡了，没看到她上床。"

"照这么说，可能我走后她还弹了很久钢琴。"中西贵子抓了抓乱蓬蓬的头发，"该不会是睡在游戏室了？"

贵子睡眼惺忪地来到游戏室前，打开门。楼下的由梨江等人担心地抬头往上看。

贵子先朝游戏室里张望了一下，然后走了进去。几秒钟后，她冲了出来，脸上的睡意一扫而光。"各位，糟了，温子失踪了！"

游戏室。

其他五人进来后，贵子递给他们一张纸。"这张纸掉在了地上。"

雨宫京介伸出手，但田所义雄抢先一把夺过。

"这是什么？怎么回事？"

"上面写了什么？"由梨江问。

"设定二，关于笠原温子的尸体。尸体倒在钢琴旁，脖子上缠着耳机线，有被勒过的痕迹。身穿红色毛衣和牛仔裤。发现这张纸条的人，就是尸体的第一发现者——上面是这样写的。字写得真烂，大概是为了掩饰笔迹。看来温子是被杀了。"

田所将纸条递给由梨江，其他人也凑到她身旁看了纸上的内容。

"事态严重了。"雨宫京介用右拳轻击左掌，"正如我昨天所说，果然设定是发生杀人事件。只是没想到温子扮演被杀的角色。"

"可是，她去了哪里呢？"中西贵子不安地问。

"应该是悄悄离开了吧。"本多雄一说，"因为不可能一直假扮尸体，已经死了的人在山庄里闲逛也很奇怪。"

"半夜三更，她能去哪里呢？"

"那我就不知道了。或许在附近另租了一栋民宿。"

"估计是这样。"雨宫京介也表示同意。

"哎呀,完全被温子骗了。"田所义雄说完,叹了口气,"亏她昨天还装得毫不知情。"

"不,笠原小姐未必知道剧情。"

说话的是久我和幸。众人都向他投去疑惑的眼神。

"因为既然是杀人事件,就必然有凶手。很可能只有那个扮演凶手的人知道剧情,而笠原小姐昨晚突然接到此人的指示,要她扮演被杀的角色。"

"嗯,这很有可能。"雨宫京介当即表示支持,"那我必须收回昨天说的话。我说可能会出现新的登场人物,但事实上未必一定要这样做。不,应该说这种可能性很低。"

"你的意思是,我们当中有人知道剧情?"久我和幸依次看过众人,"这个人假装一无所知,实际上却在按照东乡老师的指示行动。"

"你的表情这么可怕,说不定这个人就是你。"贵子说。

"不是我。"

"好了,那这样吧。"雨宫京介拍了一下手说,"我们不用'知道剧情的人'这种说法,而是称之为'凶手',杀死温子的凶手。不管怎样,接下来我们必须推理出凶手是谁。"

"舞台剧终于要开场了。"由梨江眼里闪着光亮。

"没错。贵子发现温子的尸体后惨叫起来,我们闻声赶到这个房间。"

"我才不会发出惨叫。"

"就当你惨叫过嘛。"

"我不是这个意思,我是说,我会吓得叫不出来,两腿发软,爬出房间,招手向大家求救。"

"嗯,这样更好。"本多雄一点点头,"这种反应更有感觉,惨叫太老套了。"

"好,然后我们就冲进了房间。看到尸体后,接下来该怎么办呢?"雨宫环视众人,征求意见。

"叫着温子的名字冲过去……"说完元村由梨江就摇了摇头,"不,这不可能。我一定会害怕得不敢靠近。"

"这样比较合理。"田所义雄说,"所以,只有男士们靠近尸体。不是我自夸,我以前在医院打过工,不那么排斥看到尸体,应该会比其他人更快接近温子。"

"好啊,那我就站在你后面张望。"雨宫说。

"我也一样好了,我怕看到尸体。"本多说。

久我和幸一句话也没说,茫然地站在房间中央。

田所义雄单膝跪在钢琴旁,假装在仔细查看不存在的尸体。"首先探脉搏,确认已经死亡。不过此时得出他杀的结论为时尚早,因为也可能是心脏病发作,或是从椅子上跌落,撞伤头部而死。"

"但她的脖子上不是缠着耳机线吗?正因为看到这个,我认为她是被人杀害的,才会吓得腿软啊。"中西贵子嘟起嘴抗议。

"虽然是这样,也有必要确认,因为你有可能看错了。等仔细检视过脖颈上的勒痕,才终于得出结论:果然是被人杀害的。"

"得报警。"说完,本多雄一站起身,随即又摊开双手,"应该有人会这么说,但这个提议行不通,因为打不了电话。"

"所以我们只有自己解决问题。"由梨江微露紧张之色。

"如果是我,会问大家:这是谁干的?因为凶手就在我们当中。"田所义雄断言道。

"我想不会有人回答。"中西贵子说。

"那就只有靠推理了。首先来锁定作案时间。"

"可以推理出来吗?"本多问。

"昨天晚上,最后见到温子的人是谁?"

田所问众人,贵子战战兢兢地举起手。

"应该是我。我们一起练习钢琴,但我先回房间了,当时是十一点左右。"

"之后有人见过温子吗?"没有人回答田所的问题。他点了点头,转向贵子。"温子原本打算再弹多久?"

"这个啊,她说要再弹一小时左右。"

"一小时吗?那就是弹到十二点左右。假定她后来又弹了一个小时,那就是凌晨一点……作案时间应该就是在这期间。"田所义雄用左手托住右肘,右手的拇指和食指托着下巴。他似乎又想到了什么,再次看向贵子。"你离开这个房间时,交谊厅、餐厅或是走廊上有人在吗?"

"没有。所以我把灯都关了,回到自己的房间。"

"之后直到刚才起床,都没有和任何人说过话?"

"当然了。"

"这样看来,"田所抱起胳膊,"可以这么推断:凶手是从自己房间的门缝监视游戏室,确认贵子回房间后,就开始行凶。不过,也可能贵子就是凶手。"

"不是我！"贵子圆瞪双眼。

田所不理会她，径自问其他人："谁知道温子和贵子在这里弹钢琴？"

"我。"久我和幸答道，"我就寝前来过这里。"

"哦？为什么来这里？"田所的眼里隐约闪着光亮。

"也没什么事，就是想看看游戏室是什么样子。"

"是啊。"贵子附和。

"真可疑，你不会是来确认温子在这里吧？"

"不是。但很遗憾，我无法证明。"久我和幸微微摊了摊手。

"还有其他人知道吗？"田所问。没有人回答。他点了点头："我想凶手不会说实话，除非像久我那样被人看到。"

"所以，目前还无法锁定凶手。"雨宫的语气有种松了口气的感觉。

"如果很简单就知道，这个游戏就没有意义了。不过利用排除法，也并非做不到。至少可以先排除有不在场证明的人。"

"可是，凶手是半夜行凶，会有人有不在场证明吗？"

听了本多的质疑，其他人也都轻轻点头。但田所微微一笑，挺起胸膛说："我昨晚一直睡不着，用随身听内置的收音机功能，听了约两个小时的广播节目。我可以准确说出节目的名称和内容。"

看来他是因为自己可以证明清白，才会提出不在场证明的问题。随后他说了节目的名字、参加的嘉宾和谈论的内容。

"现在你们应该知道我不是凶手了。"田所得意扬扬地说。

但久我和幸反驳道："如果是一般的命案，听收音机或许可以作为证明，但目前这种情况下，恐怕还是有疑问。"他语气很平静，但似乎意有所指。

"什么意思？"田所义雄立刻露出敌意。

"首先，你刚才说的内容是否正确无从核实，因为其他人没有听过这个节目。"

"原来你是质疑这一点。现在的确无法核实，但下了山之后就可以核实了。"

"前提是，我们能够顺利下山。"

"你说什么？"

"凶手有可能计划杀掉所有人。不过这件事先放一边，第二个问题是，行凶究竟需要多长时间。凶手悄悄溜出房间，潜入游戏室，从背后袭击温子——以我的想象，只要十分钟就可以完成。"

田所义雄和其他人都目光茫然，沉默不语，似乎各自在脑海里估算时间。

"是啊。"本多雄一点头，"十分钟就可以了。"

"这样一来，将听广播节目作为不在场证明，就必须记住全部内容，不能有十分钟的空白。即使做到这一点，仍然不是完美的不在场证明，因为节目中会播放歌曲，有的歌要好几分钟，所以可以利用播放歌曲的时间行凶。"

"原来如此，的确有可能。行凶所需的时间太短，不在场证明本身就没有意义。"

田所大概是对"没有意义"这种说法感到不悦，眼神锐利地瞪着本多，但旋即将视线转向久我，笑了笑。"你想凭这几句话就驳倒我？"

"我无意和你较劲。"久我和幸在脸前摆了摆手。

"那么一切又回到原点。"中西贵子说,"我们当中谁是凶手,还不得而知。"

"等一下,如果这是真实发生的命案呢?我们真的会得出结论,凶手就在我们当中吗?会不会有其他人?"雨宫歪着头,沉吟着说。

"喂,雨宫。"田所不耐烦地撇着嘴,"你刚才不是还说,没有新的登场人物?你的态度不要这么摇摆不定。"

"那说的是舞台剧的事,我现在说的是,现实当中面对这种情况时,相关的人通常的反应。"

"我同意雨宫的看法,我觉得要尽量避免怀疑同伴,即使心里确有疑问。"由梨江表示支持雨宫,令田所露出无可奈何的表情。

"我象征性地提一下,会不会是强盗从外面潜入呢?"本多雄一也说。

"喂喂,你忘了吗?这里是被大雪封闭的山庄,谁进得来?"田所撇着嘴。

"所以我才说是象征性啊!"

"虽然可能性很低,不过有必要确认一下。"雨宫说。

"怎么确认?"田所问。

"查看玄关、窗户这些可以出入的地方。就像你说的,这里周围覆盖着积雪,如果有人入侵,应该会留下脚印之类的痕迹。"

"但现实中并没有雪呀。"田所抓了抓后颈,"要怎么判断有没有脚印?可以由我们随意决定,有人潜入后逃走,并且留下了脚印吗?"

"尽量不要再说现实的事。"由梨江像教导孩子般语气温柔地说。

或许是意识到自己的不成熟,田所闭上了嘴。

"凶手也有可能还躲在某处，比如这里。"说着，本多雄一指了指储藏室的门，"这里到处都有这种收纳空间，应该逐一查看清楚。"

"那我们就分头巡视这样的地方。"雨宫总结道，"不过如果单独行动，过后可能引起不必要的怀疑，不如两人或者三人一组行动。"

"没有异议。"本多雄一说。其他人也没有反对。

接下来，众人讨论如何决定分组，最后选择了最公平的方式——抽签。用桌布包住台球桌上的十五个台球，每人抽一个，按照号码从小到大的顺序，两个人一组。

"分好组之后，就开始检查吧。结束后在交谊厅集合。"不知不觉间，雨宫京介已掌握了主导权。

久我和幸的独白

真的出现了被杀的角色，让我很吃惊。我一直以为东乡阵平会再次用快信送来指示。

可以肯定六个人中，不，是除我以外的五个人中，潜伏着依照东乡指示扮演凶手的人。

这样一来，就不能太掉以轻心了。那个扮演凶手的人必然会记下每个人的想法和一举一动，事后向东乡报告。如果因为不够认真对待而被刷下来，那就欲哭无泪了。不如带着半是演戏、半是游戏的心情投入其中吧。

笠原温子第一个被杀让我颇感意外。她的演技还不错，这样早早就从舞台消失，未免有些可惜。不过如果第一个死的是元村由梨江，那也同样伤脑筋。

按照雨宫的提议，我们分头检查可以出入的地方。其实不消雨宫指出，我也早已想到要这样做，但先让他当当领导者也无妨，反正他迟早会露出马脚。

决定两人一组行动后，我暗自期盼和由梨江同组。可惜事与愿违，我的搭档是中西贵子，而由梨江竟然和田所一组。那家伙顿时喜气洋洋。

我和中西贵子负责检查二楼的紧急出口。刚刚起床的贵子还没有洗脸，自然也没有化妆。原本就没什么头脑的她，此刻连美貌也消失了，显得傻里傻气。而她似乎忘了自己现在的模样，抓住我的袖子说："这种时候，女孩子应该会很害怕吧？"

"可是你抓着我有什么用？说不定我就是凶手。"

"不会是你，因为你不是我们剧团的。"

"为什么不是剧团成员就不会是凶手呢？"

"因为扮演凶手的人，也是唯一知道剧情的人，说起来，就相当于东乡老师的间谍。所以东乡老师一定会选择亲近的人。"

"原来如此，间谍啊。"这个词用得十分恰当。贵子这个女人看似迟钝，看问题却一针见血。"不过，你这种想法也许过于简单化了。"

"为什么？"

"因为推理剧中的凶手，通常都是出乎意料的人物。东乡老师也许就是为了这个目的，特地让不是剧团成员的我通过试镜。"

"嗯，这么说也对。如果真是这样，我们单独相处很危险。"虽然嘴上这么说，贵子并没有松开我的衣袖。

"还有，"我说，"我也没有理由相信你。"

"哦，你是说我是凶手？"

"有可能。"

"呵呵呵，没准哦。"贵子阴森森地笑了起来，接着又用力摇了摇头，"不行，不行。朋友刚死，不能开这种玩笑。"

紧急出口从内侧锁上了，这意味着即使有人入侵，也不是从这里离开的。但我还是打开锁，推开了门。外面是楼梯间，从右边的楼梯可以下到山庄后方。

楼梯间里并排摆着两双长筒雨靴。我们分别穿上，沿着楼梯往下走。

"哇，太美了！"走下楼梯，来到外面时，贵子大声说道。

眼前是一片起伏的广袤高原，远方积雪的连绵山峦尽收眼底。与东乡老师给我们的设定相反，最近完全没有下雪，但在人迹罕至的深山，依然保有着令人屏息的银色世界。

连日都是好天气，房子周边不仅没有积雪，连潮湿的地方都没有。只有干燥的碎石上偶尔可见残留的白色雪块。

我沿着墙壁往前走，前面竖立着绿色的大型板状物。我纳闷地细细打量，才发现是台球桌，而且并不是很旧，也没有被风吹雨淋过的感觉，我不明白为什么会放在这里。继续往前走，刚拐过弯，我又慌忙退回，躲了起来。因为我看到了元村由梨江和田所义雄。他们应该是从厨房的后门出来的，似乎并没有发现我，我想偷听他们在聊些什么，但声音低不可闻，只听到田所不时发出猥琐的笑声。

"你在干吗？"不久，贵子走了过来。

"没，没什么。"我急忙离开那里。

"你看，那是不是水井？"贵子指着房子不远处问。

我们过去一看。"好像是。"那里用红砖围成筒状，上面用木板封住，木板上用红漆写着"危险 请勿触摸"。

"看来这里以前用井水，这是那时留下的。"

"好像没有填起来。这口井有多深呢？要不要看一眼？"

"你还是别看了。木板上特意警示了危险。"

"莫非里面堆满了化为白骨的尸体？"中西贵子哼哼一笑，"我不会掉下去啦。"

"那就请便，我是不会碰的。"

"哎呀，你真冷漠。"贵子露出生气的表情，不过这种表情倒也不无可爱。

"对了，"我说，"笠原小姐成为第一个被杀的角色，你有什么看法？"

"这个嘛，"她压低声音，"老实说，我有点意外。我们刚才讨论过间谍的事，没有人比她更适合担任东乡老师的间谍了。"

"看来她很受信任。"

"是啊，不过不只如此。"

"什么意思？"

"你可不要说是我说的哦。"贵子斜斜缩起下巴，将食指贴在唇前。

"我不说，我不说。"

"据小道消息说，温子和东乡老师有一腿。"

"有一腿？是说有男女关系？"

"是啊，那还用说。"

"是吗……"我不由得愕然，原来是这么老套的事。这种事寻常得很，哪里需要特地压低声音。

"怎么样？是不是很惊讶？"

"嗯，是啊。"我敷衍道，"不过既然有这种传闻，应该有人质疑之前的试镜结果吧？"

贵子用尽全身力气点头，似乎在表示"你猜得全对"。"有人露骨地说，笠原小姐是靠身体才得到的角色。不过说这种话的人都没什么演技，长得也很一般，温子也没当一回事。我觉得温子入选理所当然。"

"我也有同感。笠原小姐进入剧团几年了？"

"我想想啊，她高中一毕业就进了剧团，有八年了。"

"你呢？"

"我是大学二年级时进剧团的，中途退学了。"

我吐了吐舌头。没想到温子只是高中毕业，贵子却好歹上过大学，从人的外表还真判断不出学历。

"笠原小姐看来是年轻女演员中的领军人物？"

"差不多吧。其实之前还有另外一个人，是温子的竞争对手，名叫麻仓雅美。"

"哦，就是试镜时演朱丽叶的那个人？"

"对对，你记得真清楚。她和温子同期进入剧团，都曾是备受期待的希望之星，也视彼此为竞争对手，但我不太清楚谁更出色。"

"那个人的演技确实很棒。不过你从刚才开始一直用的是过去式，比如'之前''都曾是'，她现在已经不在剧团了吗？"我问了自己在意的事。昨晚和本多雄一聊天时，一提到麻仓雅美，他就变得含糊其词。

中西贵子没有含糊其词，而是缩起肩膀，表现出夸张的沮丧表情。"她出了意外，无法再演戏了。"

"意外……是交通事故吗？"

中西贵子摇摇头。"是滑雪时发生意外，从悬崖坠落，身受重伤，因后遗症导致半身不遂。"

"是吗……"我也滑过雪，但从没听说有人因滑雪导致这样的重伤，"这是什么时候的事？"

"就是那次试镜结束后不久。她的老家在飞驒高山，为了摆脱落选带来的打击，她回了家乡，没想到发生这样的意外。"

"这么说是最近才发生的事，真可怜。"

"是吧？我得知消息时，忍不住放声大哭。"贵子这样说道，表情却漫不经心。

原来发生过这种事。我可以理解本多雄一和雨宫京介的态度了，他们应该不太愿意回想起麻仓雅美的事。但我依然无法释怀。我自己也不明白何以如此。"好了，该回去了。"我说。

"是啊，如果回去太晚会被怀疑。田所最喜欢怀疑别人，真希望是他扮演被杀的角色。"

看来田所在剧团里也不怎么受欢迎。

上楼途中，我看到门的外侧贴了一张纸，刚才没有发现。

"咦，那是什么？"我上前撕下来一看，上面写着如下内容：

　　　地面全部被雪覆盖，没有脚印。

"这是什么意思？怎么回事？"

"应该是说明状况，大概是扮演凶手的人写的。"

门从内侧锁上，基本排除了凶手从这里逃走的可能性，但凶手也可能有备用钥匙。如果雪地上没有脚印，那么连备用钥匙的可能性也排除了。

　　我和贵子走进山庄，检查了盥洗室和厕所的窗户。所有的窗户都锁得严严实实，即使在打开状态下，也无法容人进出。我们还查看了空房间，情况也一样。确认结束后，我们回到交谊厅。雨宫京介和本多雄一已等在那里。田所义雄还没回来，他一定是因为难得有机会和由梨江单独相处，故意慢慢四下巡视。

　　"温子的鞋还在。"本多雄一微笑道，"我想她不至于赤着脚离开，应该是凶手事先准备了拖鞋之类的。"

　　"想得还真周到。"中西贵子佩服地说。

　　"玄关旁办公室的窗户都锁上了。我们检查了储藏室和壁橱，都没有人躲藏过的痕迹。还有，玄关的门上贴了这张纸。"

　　雨宫出示了一张纸条，和我们在紧急出口的门上发现的一样：

　　　　玄关外覆满积雪。雪地上没有脚印。

　　我拿出我们找到的那张纸，告诉他们，所有的门窗都从内侧锁上了。

　　"现在就剩下由梨江他们了……"雨宫喃喃道。但看他的表情，已经预料到他们会报告什么。扮演凶手的人既然已煞费苦心地做到这个程度，由梨江和田所自然不可能带回写着"雪地上有脚印延伸向远处"的贴纸。

　　由梨江他们终于回来了。感觉田所义雄脚步很轻快，刚才查看时定是在由梨江面前刻意耍帅，一路说个不停。

　　"厨房的后门上贴了这张纸。我们也看了食品库，里面没有可以藏人的空间。"田所义雄将纸条交给雨宫。

上面的内容似乎都在意料之中，雨宫只是微微点了点头。话说回来，既然只看了厨房和食品库，为什么花了这么长时间？

"好了，现在可以确定，这座山庄里只有我们，昨晚也没有人潜入。这意味着，杀死温子的凶手就在我们当中。"雨宫京介煞有介事地说出这个尽人皆知的事实。

2

餐厅。

雨宫京介提议先填饱肚子再说,于是六个人决定吃迟来的早餐。本多雄一、久我和幸、元村由梨江三人已经坐在餐桌前,送来咖啡的田所义雄没有坐下,但站在由梨江身旁,也无意回厨房。

"我说,就不可能是自杀吗?"元村由梨江扫视着男人们说,"会不会是用耳机线自己勒颈而死呢?"

"嗯,怎么说呢?"她身旁的田所义雄盘起双臂,"记得在书上看过,有这种自杀方法。"

"或许有必要考虑这种可能性。"本多雄一说,"不过从现场状况来看,研判为他杀比较妥当。"

"是吗……"由梨江露出遗憾的表情。即使是演戏,她似乎也很排斥同伴自相残杀的设定。

雨宫京介和中西贵子从厨房走了出来。

"同伴死了,不可能会有食欲。所以和昨晚一样,我们也很发愁到底做些什么。"说着,雨宫京介将两个盛满三明治的大餐盘放到桌上,"各位,想吃多少随便拿。"

"咖啡也准备了很多。"贵子也说。

但是,一开始吃饭,所有人都表现出旺盛的食欲,连雨宫也转眼间就大口吃起第二块三明治。

大家安静地吃着早餐。

"接下来该怎么办?"过了一会儿,大约是肚子不那么空空如也了,本多雄一扫视着众人征求意见。

"只要想想如果这一切都是真的,我们该如何应对,不就行了?"中西贵子物色着餐盘中的三明治说。

"当然是找出凶手。"田所义雄语气坚定地说,"这是唯一要做的事。"

"怎么找?"本多问。

"首先,我们各自回想一下,有没有什么线索。"

听了雨宫京介的提议,元村由梨江第一个回答:"很遗憾,我没有任何线索。我连温子没回房间都没发现。"

"我也是。"中西贵子也说,"我睡得很沉。"

"那个时候通常大家都睡了,没睡的只有温子、凶手,还有——"本多雄一看着田所义雄,"还有你而已。你不是听收音机到深夜吗?有没有听到凶手的脚步声?"

"你不要乱讲。我都说了,我听的是随身听内置的收音机,两只耳朵都戴了耳机。"田所眼神轻蔑地回答。

"嗯,到底该怎么办呢?如果真的被卷入这样的命案,我们该怎么做?"雨宫京介双手撑在桌上,仰望着天花板。

"如果是我……我会很害怕。"元村由梨江幽幽地说。所有人的目光都集中到她身上。"光是想到我们当中有人会杀人,我就忍不住全身发抖。然后想象会不断朝可怕的方向发展,担心接下来自己会遭遇和温子同样的命运。想到这里,恐怕就连这些三明治也吃不下了。不是没有食欲,而是担心吃了会有问题……"

"你是说,我们会在三明治里下毒?"中西贵子吊起眼梢。当然,她并没有真的生气。

"没有证据可以断言,这种事不会发生。"田所义雄笑嘻嘻地说,"不是怀疑负责下厨的人,而是对任何人、任何事都无法相信。这不是很正常的反应吗?"

"听你这么一说,确实是这样。"雨宫也用佩服的口气说,"我还没有想到这一层。看来以后用餐会成为一个问题。不只是用餐,做任何事都是。"

"演凶手的人还要继续杀人吗?"中西贵子忧郁地皱起眉。

"我也很想知道。凶手啊,能不能回答一下这个问题呢?"本多雄一依次看向每个人,"看样子不会有答案了。"

"对了,被杀的人是怎么死的?莫非是扮演凶手的人突然出现,告诉对方你出局了?"贵子问,好像在讨论什么有趣的事。

"不会那么简单吧?以温子的情况来说,凶手至少要先假装勒她的脖子,否则凶手岂不是可以随心所欲了。"

"就是说抵抗也没关系?"

"应该可以抵抗吧。"

"我忽然想到一个问题。"默默听着贵子和本多讨论的田所义雄,以略显严肃的语气说道,"如果之后还要继续杀人,下一个被杀的是谁,也许还没有决定。"

"什么意思？"雨宫问。

"扮演凶手的人根据情况随机应变，在有机会下手时动手杀人。温子之所以第一个被杀，很可能就是因为她最先让凶手有机可乘。重点是，被杀的顺序也将反映在这次舞台剧的剧本上，也就是说先死的人实际演出时也将早早离场。"

"怎么这样啊！"中西贵子十指交握在胸前，耷拉着双眉。

"有可能，毕竟很符合东乡老师的行事风格。"雨宫京介也神情凝重地低语。

"既然如此，就更不能先死了。不，如果想抢到名侦探的角色，一定要在被杀前查出凶手。"

听了田所义雄的话，所有人都微微点头。

吃过早餐，大家在交谊厅坐下后，久我和幸提起尸体的事。"尸体可以一直放在那里吗？"

他突然问出这个问题，其他五人愣了一下才反应过来。他们似乎都忘了那个房间里有一具尸体。

"应该没关系吧。"雨宫京介略微想了一下，说道，"我觉得在警察到来、详细调查之前，不能随意搬动尸体。"

"那今后就不能随便进入游戏室了。"

"是啊。但如果那个房间真的发生了命案，即使叫人进去，也没有谁想进去吧。"

"说得也是。"久我和幸似乎在思考着什么，然后下定决心站了起来，"我去一下游戏室。"

所有人都抬头看着他。

"你去干什么？"田所义雄问。

"不干什么，只是想再看一次现场，也许可以发现什么线索。"

田所哼了一声："这么快就要抢侦探的角色了？"

"如果不介意，你也一起去如何？"

"好啊，我陪你去。不过我对收获不抱太大期望。"

两人上了楼，前往游戏室。

目送他们离开后，雨宫京介问余下三人："我们做点什么呢？"

"要不要玩扑克牌？"元村由梨江立刻答道。她从墙边的小架子上拿来一副扑克牌。"我看过《金丝雀杀人事件》，里面就有一幕是玩扑克牌。"

"那是范·达因的小说吧？"本多雄一说，"我也看过，侦探为了找出凶手而玩扑克牌。他从作案手段判断，凶手的性格细腻而大胆，因此采取玩扑克牌的策略来看穿每个人的性格。"

"哇，真有趣。我们快玩吧！"中西贵子开心地说。

"以小说的情节来说，或许是很有趣，"雨宫京介似乎不太热心，"不过从现实的角度来看，称不上是查出真相的有效手段。而且通过玩扑克牌判断性格，根本是不可能的事。"

"我也没有那样的期待。"元村由梨江有些不高兴地说，"可是呆坐在这里也不会有任何进展，倒不如玩玩扑克牌、聊聊天，演凶手的人也许会不经意间露出马脚。所以也不是一定要玩扑克牌。"

"我觉得演凶手的人不会那么轻易就露出狐狸尾巴，而且你说出玩扑克牌的目的之后，效果也就减半了。不过反正也没事可做，那就玩玩看吧。"雨宫京介挽起毛衣的袖子，走到元村由梨江面前。

另外两人也跟了过去。

59

久我和幸的独白

　　我之所以提起尸体的事，并不是心血来潮。因为我无论如何都想再去游戏室看一看。吃早餐时，田所义雄提到随身听的耳机，让我灵光一闪，脑海里掠过这个想法。

　　笠原温子是被耳机线勒死的。不，确切地说，是设定她被勒死。

　　扮演凶手的人为什么选择耳机线作为凶器？这个问题不难解释。

　　扮演凶手的人起初打算扼死，也就是用双手将温子掐死，但来到现场后，发现恰好有耳机线，于是决定用它行凶。

　　问题是耳机线的状态。

　　我记得发现尸体时，耳机线插在电子钢琴的插孔里。这意味着什么呢？扮演凶手的人不可能特意把耳机线插到插孔里。所以说明笠原温子使用了耳机。

　　这件事很奇怪。因为游戏室有隔音设备，中西贵子弹琴时，也没有戴耳机。

　　为什么笠原温子要使用耳机？或许这件事并没有太大的意义，

但也不能忽视。如果这是重要的线索，由此找出凶手，获得这次舞台剧的主演角色也不是不可能。我决定随便找个理由，去游戏室确认耳机的状态。虽然田所义雄也跟了来，但他不可能猜到我的想法。

田所先走进游戏室。就连这种时候，他也要摆出前辈的架子。我跟在他身后走了进去，立刻望向钢琴。一看之下，我忍不住倒吸一口凉气。

耳机线被拔出来了！

我快步上前，从地上拾起耳机线。不可能啊，刚才明明是插在钢琴上的！

"怎么啦？"正在查看储藏室的田所义雄问。储藏室约半叠①大小，里面空无一物。

我很想问他刚才耳机线的状态，但又不愿给他提供线索。"不，"我站起身，"没什么。"

"看来没什么可以作为线索的。"田所略微扫视了一下，立刻就放弃了，"反正也不是真的杀了人，不可能留下痕迹。"

即使留下了痕迹，没有发现的眼力也是白搭——我很想这么说，但还是忍住了，试探着问："你猜到谁是扮演凶手的人了吗？"

田所一只手撑在台球桌上，装腔作势地微微吐了一口气。"差不多知道了。"

"是谁？"

"首先，"他看着我，"不是你。东乡老师不会把如此重要的角

---

① 一叠指一张榻榻米的面积，约合 1.62 平方米。

色交给刚进剧团的人。"

"原来如此。"我姑且假装佩服。其实他的看法和贵子如出一辙。

"也不会是贵子。她虽然是个演员,心里想什么却全写在脸上。"

这一点我也有同感。

"本多也不像。他不够耀眼,推理剧的凶手角色必须具有某种吸引人的特质。"

你还不是一样——我把这句话咽了回去。

"这样一来,就只剩下元村小姐和雨宫先生两人。"

"应该就是其中一个,不会错的。"田所义雄点着头。

"那两人关系好像很好,是一对恋人吗?"我半是调侃、半是意在搜集情报地问道。

田所一听,登时脸色大变。"我可没听说,应该只是雨宫单方面的迷恋。他一定幻想着和由梨江结婚,将她的美貌和财产据为己有。由梨江对谁都很亲切,以致很多人有误解,真是伤脑筋。"

轮得到你伤脑筋吗?"雨宫先生在剧团是资深成员?"

"资深是他唯一的优点。"田所不屑地说,"而且不知他使了什么手段,东乡老师对他印象很好。你听说过他要去伦敦留学的事吗?"

"留学?没听说。"

"剧团要选派一名成员去伦敦的戏剧学校留学,为期一年。听说已经定下是雨宫了,真搞不懂是怎么回事。"

"我还是第一次听说,有这种事?"

"我猜他准是在背后搞了鬼。对了,这件事你不要说出去。"田所用食指指着我。

"我知道。不过,雨宫先生入选不是很正常吗?"

"开什么玩笑。他那种水准的演技,我也做得到。"说完,他掀开台球桌上的台罩,摆上球,挥动球杆打了起来。他的姿势很潇洒,技巧却不甚娴熟。"你昨天不是问过麻仓雅美的事吗?"田所摆着击球的姿势说。

"是啊。"我回答。

"其实原本是决定让她去留学的。"

"是吗……"

"但她最近出了一点事,无法再演戏了,所以才轮到雨宫。"

他击出的白球漂亮地将二号球撞进球袋。

"你说的'出了一点事',是滑雪意外吗?"

被我一问,田所停下了正要击球的手,吃惊地抬起头。"你听谁说的?"

"中西小姐。"我答道,"听说她因此导致半身不遂。"

"这样啊。"田所将球杆扔到台上,坐在台球桌一角,"的确是滑雪时出的事,但不是意外,而是自杀。大家都知道,只有贵子不知道。"

"自杀……是她自己说的吗?"

"她什么也没说,但不用说也知道。谁会为了追求刺激在禁止滑降的地点垂直滑降呢?"

"动机呢?"

"应该就是试镜的事。"田所用理所当然的口气说,"试镜落选对她的打击相当大。不过依我看,这个结果很合理。虽然你似乎很欣赏她。"

63

"我觉得她演得很好,是哪里有问题呢?"

"这还用说,"田所义雄用指尖轻敲了一下脸颊,"当然是长相。就凭她那副长相,除非评委口味特别到一定程度,否则是不可能让她通过的。何况她还演朱丽叶,和由梨江一样演朱丽叶。如果她演麦克白夫人,也许会有不同的评价,但我从没听说一个从视觉上就让观众感到不舒服的演员可以担任女主角。"

他这张嘴可真刻薄。听他说这种话,让我心里老大不快。"可她的演技是受到公认的,对吗?所以才会派她去留学。"

"是啊。但是站到舞台上,光有演技是不够的。"田所义雄跳下台球桌,"好了,我们该走了。"

"你刚才说是去伦敦留学?"

"没错。"

"那么……"我想起了昨晚元村由梨江的话。她说她想去伦敦或百老汇学表演,难道是打算和雨宫京介一起去?

"怎么了?"田所回头问。

我心想正好可以利用他,他应该能替我问出由梨江的本意。我把由梨江的话如实告诉了他。果不其然,田所涨红了脸,猛力推开门,走出了游戏室。

交谊厅里,其他四个人正在玩扑克牌。

3

交谊厅。

久我和幸和田所义雄也加入了牌局,大家一起玩了一阵扑克牌。但渐渐地玩累了,便不约而同地收了手。各人看书的看书,听音乐的听音乐,像一般的民宿客人那般消磨时间。不同的只是无法外出一步,也没有人想回到自己的房间。很明显,每个人都在避免独处,担心扮演凶手的人会突然找上自己,然后不得不退出这个舞台。

时间就这样毫无意义地过去,从窗外射进来的阳光也在急速西斜,负责下厨的人开始准备晚餐。因为早餐吃得很晚,而且还剩了三明治,所以没有特意准备午餐。

负责下厨的人进了厨房,其他人在一起闲聊,一切都一如往常。但可能是杀人剧没什么可以讨论的话题,聊得有一搭没一搭。

"唉,好不容易来到这里,偏偏……"中西贵子望着窗外的夕阳,叹了口气,"今天天气也很晴朗,不能出门的时候天气总是特别好,明天一定也是好天气。山上正是滑春雪的好时节,可是我们不能出去。眼前的一切都是幻景，其实周围都是雪、雪、雪，白茫茫一片，我们被困在银白色的世界里。"

说到后半段，她仿佛在舞台上念台词一般，声音抑扬顿挫，还辅以夸张的手势，男人们看了都笑了起来。

晚餐准备好了，所有人又一次坐到餐桌前。

"总觉得好像整天都在吃吃吃。"雨宫京介说，几个人点头表示同意。

"没办法，毕竟也没别的事可做。"中西贵子说。

晚餐是肉酱意大利面。负责下厨的三人从放在桌上的六个餐盘中随机选了三个，先吃了起来。这是田所义雄的提议，因为早餐时由梨江提出，食物有可能被下毒，所以要通过这一举动消除顾虑。当然这只是个形式，大家也都抱着几分游戏心态。

"真是够了，这要持续到什么时候啊。"本多雄一有些不耐烦地嘀咕。

"到后天，这是设定好的时间。"

田所的话让大家重新认识到这段时间有多漫长，其他人都不由得苦笑。

"刚才我忽然想到，这次命案的动机是什么？"

听了本多的话，所有人都停止用餐，向他看去。

"动机吗……我倒没有考虑过这个问题。"雨宫京介注视着餐桌上的某一点说。

"不存在什么动机吧。"田所义雄说，"这个游戏的目的，就是为了明确在封闭的山庄里发生命案时，登场人物会采取怎样的行动。之前也说过，扮演凶手的人只是看准时机杀掉可以杀的人，所以讨论动机恐怕没有意义。"

"可是完全不考虑动机，也显得不自然。"说话的是久我和幸，"我倒觉得应该最先讨论这个话题。比如，笠原温子小姐死了，谁可以从中获益。"

"我明白。不过，"雨宫反驳道，"即使想要讨论动机，由于我们并不了解这出舞台剧中的人际关系，也无从说起。因为被杀的不是笠原温子这位演员，而是她扮演的角色。"

"但是按照东乡老师的指示，人际关系可以和现实相同，都是将在同一出舞台剧中演出的年轻演员——我记得那封信上是这么写的。"

"没错，我也记得。"中西贵子同意久我和幸的意见。

"我也认为不妨根据现实来讨论动机，"本多雄一也表示赞同，"这样更有真实感，也会产生紧迫感。"

"我明白你们的意思，但实际上根本无可讨论啊。温子被杀纯属虚构，不存在什么动机。"雨宫京介说。

"是否真的有动机存在无关紧要，"本多反驳道，"重点是围绕这个主题进行讨论，并不一定要找出答案。"

"嗯，原来如此。"雨宫表情沉痛地看向由梨江，"你觉得呢？"

她搁下叉子和汤匙，低头思忖片刻，终于抬起头，轻声回答："我明白有必要讨论这个问题，不过坦白说，我不太想讨论。我不想考虑温子死后，谁会从中获益的事，况且她其实还活着。"

"现在这时候不可以说这种话啦。"中西贵子嘟起嘴。

"嗯，我知道。"由梨江缩了缩肩膀。

"也难怪她会犹豫，如果讨论杀人动机，就必然要涉及个人隐私。"田所义雄不时看向由梨江,对她表示支持,"大家觉得这样没问题吗?如果都觉得没问题,那没办法,我也参加讨论就是了。"

"即使多少会侵害到个人隐私,也是情非得已。如果真的被卷入命案,就无暇顾及隐私了。"

听了中西贵子的意见,邻座的本多雄一连连点头。

"好吧。"雨宫无奈地摊开双手,转而开始讨论,"既然大家都认为有必要讨论这个话题,那就讨论吧。不过,该从哪里入手呢?"

每个人都沉浸在思绪中,一时陷入沉默。谁都不再吃意大利面,不知不觉间晚餐结束了。

"说到动机的种类,"本多第一个开口,"不外乎是利害关系、仇怨和感情纠葛。"

"那就先从利害关系开始。有谁会因为温子的死得到好处吗?"雨宫将空餐盘推到一旁,两肘撑在桌上问大家。

"应该没有金钱上的利害关系。"田所义雄说,"没听说她继承了巨额的遗产,也没有投保寿险的迹象。"

"如果是由梨江,那就另当别论了。"中西贵子开玩笑似的说,由梨江微露不悦。

"即使由梨江死了,在座的人也捞不到好处。"本多说。

"回到温子的话题吧。"雨宫制止道,"有没有金钱以外的利害关系呢?"

"简单来看,就是试镜落选的人可以递补上来。"田所说,"不过我不认为这会成为杀人动机,更像是妄想式的期望。"

"而且我们都通过了试镜,跟这个动机没关系。"贵子说。

"那么就是仇怨或者感情纠葛的问题了……"雨宫语带踌躇地

说，似乎不太想提这个话题。

"绝对不会有人恨温子！"元村由梨江斩钉截铁地说完，咬着嘴唇。一时间所有人都被她的气势震慑住了。

"我觉得恨不是这么简单的事，"与由梨江相反，中西贵子有点无力地在一旁说，"比如好心没好报，或是误会，有很多种情况。"

"原来如此，好心没好报啊。"田所义雄抚摩着下巴点头，"这倒是有可能，比方说被她抢走了主角之类的——"

"哎呀，这是怀疑我和由梨江吗？"

"我只是打个比方。再说，真的有过这样的事吗？"

"那倒没有……"

"即使有，也未必会成为杀人动机。"雨宫侧着头沉吟，"我觉得这个动机很牵强。当然，这里我们不考虑异常性犯罪的可能。"

"那就只剩下感情纠葛……"中西贵子抬起眼，窥视着众人说。她似乎已经有了想法，只是不想率先说出口。

"有久我在场，讨论她和东乡老师的传闻合适吗？"田所义雄自言自语道。

雨宫和由梨江都张大了嘴，似乎忘了有外人。

"那件事我已经告诉他了。"贵子大大咧咧地说。

田所忍不住咂舌。"搞什么，原来你都说了？你总是这么大喇叭。"

"反正他迟早都会知道的。"

"我是说，没有必要特地说这件事。"田所似乎忘了自己也对久我说过不少八卦，一脸的不快，"不过这样一来，也就用不着隐瞒了。据说温子和东乡老师是恋人关系，这大概不是传闻，而是

69

事实。这件事会不会和温子被杀有关系？"

"两人都是单身，完全可以相爱。"元村由梨江和刚才一样，用坚决的语气强调。

"两人相爱是没有问题，"本多雄一仿佛有些难以启齿，"但如果有其他女人爱上了老师，那个人就会恨温子。"

"你的意思是怀疑我喽？"中西贵子瞪着本多，嘴角却露出笑意，似乎觉得话题朝这个方向发展很有趣，"我很尊敬老师，如果这种尊敬转变成爱，就会嫉妒温子。"

"我没有想这么多，但应该是这样没错。不过这里并非只有你一个女人。"

"嗨，不会是由梨江啦，她不是有雨宫了吗？"中西贵子脱口而出的一句话，让现场的氛围为之一变。元村由梨江和雨宫京介困惑地看着她，反应最强烈的则是田所义雄。

"你不要胡乱臆测，无聊！"田所的脸颊肌肉僵硬。

贵子好像不明白他为什么情绪这么激动，不由得愣住了，然后立刻问由梨江："我才不是胡乱臆测，对不对？"

由梨江低下了头。

田所见此光景，愈发涨红了脸。"又不是小学生，别随便把男女凑成一对，会让由梨江很困扰的。"

"我说的是事实，怎么会造成困扰。"

"好了，别这么大声嚷嚷。田所你也别较真。"本多劝说道。

贵子不服气地闭上了嘴，雨宫和由梨江都没说话，气氛很尴尬。这种状态持续了一会儿后，雨宫京介看着久我和幸说："久我，你还没有发言。虽然我们在试镜时才认识，你可能没有什么可说的，但如果有什么看法，不妨说说看。"

他为了缓和沉重的气氛，催促身为外人的久我发言。所有人都看向久我，但眼里并没有期待。

"是啊……如果要寻找直接的动机，恐怕很难讨论下去，感觉会很不舒服。"久我谨慎地斟酌着措辞。

"直接的动机是指？"雨宫问。

"只围绕在座的人来探讨，我觉得存在局限性。或许将范围扩展到其他人，更有可能推理出动机。其他人可以是东乡老师，也可以是不在这里的剧团成员。"

"剧团其他成员？"

"我不了解详情，不过听说有一位名叫麻仓雅美的成员最近遭遇不幸，可否也讨论一下她的话题呢？"

听到麻仓雅美的名字，所有人都瞬间表情僵硬。雨宫京介用责怪的眼神扫视着其他人，似乎在问"是谁把这件事告诉了久我"。

"嗯，这也是一个办法。"终于，本多雄一不自然地说，"不过讨论什么呢？那只是个意外。"

"是啊，恐怕有点难。如果那起意外存在疑点，或许还比较容易展开讨论……"雨宫京介也变得吞吞吐吐。

没有其他人发言，气氛比刚才还要凝重。

"要不然今晚就先到这里吧？"元村由梨江怯怯地提议，"讨论好像已经难以为继了。"

"嗯，是啊，其他人还有意见吗？"雨宫问，没有人回答。

这等于宣布解散，负责下厨的人开始收拾餐桌。其他人有的去洗澡，有的在交谊厅看书。

不久，今天轮值的久我、本多、由梨江三人收拾完毕，从厨房出来了。这时交谊厅已空无一人，三人在餐厅聊了一会儿，由梨江表示自己有些累，要先回房间休息，于是久我和本多也站了起来。

4

由梨江的房间。晚上十一点多。

由梨江洗完澡回来，穿着运动衫便躺到床上。这个房间里有两张床，另一张床原本是供笠原温子用的，但她还没在上面睡过就离开了人世。如果知道这是事实，由梨江很可能无法再住下去，但她以为温子的死只是虚构，因此别说床了，即使看到温子留下的行李，也没有任何感觉。

由梨江熄掉床头灯几分钟后，响起了敲门声。声音很轻，似乎怕被其他人听到。她打开台灯，不耐烦地下了床，来到门前，打开锁。

"啊……"她发出极为意外的声音。门外站的是田所义雄。

"我可以进来一下吗？"他的表情异常紧张，一张脸苍白得全无血色。

由梨江倒吸了一口气，瞥了一眼房间里的时钟，然后摇摇头。"有话到外面说……"

"我想和你单独谈谈，不想被别人听到。请相信我，我绝不会做任何事。"

"那……"她顿了一下,"明天再说吧,今晚很累了。"

"越早越好,我想了解你的心意。拜托了!"由梨江正要关门,田所义雄硬用手臂抵住门缝恳求道。他那一贯的自信表情不见了,露出乞怜的眼神。

由梨江似乎没办法再拒绝,放松了关门的力道。"那聊一下就好。"

"谢谢。"田所一脸得救了的表情走进房间。

由梨江让他坐在温子的床上,自己背对门站着,又把门再打开一些,显然是为了防备他突然袭击。"那么……你有什么话要说?"

被由梨江一问,田所低下了头,然后抬头注视着她。"我想确认刚才贵子说的事。"

"贵子……"

"就是你和雨宫的事。我不是没听说过剧团里的传闻,但一直认为那只是别人出于好奇嚼的舌根。事实究竟是怎样?你果然对雨宫……"

"等一下。"由梨江伸出双手,制止他说下去,"你突然问这个问题,让我很难回答。到底是什么意思?"

"由梨江,"田所义雄从床上站起来,一步一步向她靠近,"你应该知道,我早就对你……"

"请你坐下,不然我就出去了。"

看到她抓住门把手,田所停下了脚步,痛苦地扭曲着脸,重新坐到床上。

"请你说实话。"他说,"我听久我说,你想去伦敦或是百老汇,你是纯粹想去学习表演,还是想和雨宫一起去?由梨江,告诉我,那些传闻是真的吗?你和雨宫有婚约了吗?"

由梨江背靠着门,皱起眉头,垂下眼,深吸了一口气。

"怎样?"他追问道。

"……那不是事实。"由梨江幽幽地回答,然后继续道,"我很尊敬雨宫,对他也有崇拜的成分,但只是在作为演员的层面上……我想他也是出于同样的想法,对我很亲切。我希望……以后可以继续保持这种良好的关系。"

她的态度显然很奇怪,但田所义雄似乎没有察觉,表情顿时明亮起来。听由梨江说完,他猛然站起。"果然是这样!就是说,你现在并没有特别属意的人?"

"……是的。"

"那么,"田所又一次走近她,"何不考虑一下我?这不是开玩笑,我是真心向你求婚。"

由梨江全身僵硬,移开了视线,然后再望向他,微微一笑,打开了门。"时间到了,今天到此为止。"

田所顿时泄气地垮下肩膀。但可能是从她的笑容里看到了希望,他迈着轻快的步伐离开了房间。"明天见,晚安。"

"晚安。"由梨江关上门,长吁了口气,在原地站了片刻,然后打开门,走出房间,似乎想要调剂一下心情。

久我和幸的独白

　　真是事与愿违。我利用一同负责下厨的机会，向元村由梨江发起攻势，却落了空。我想约她一起去看音乐剧，她只淡淡答道："改天吧。"即使想要敲定具体的日子，也被她巧妙地岔开话题。好不容易正聊得投机，又冒出本多雄一来打扰。当然，他并不是存心的。
　　看来只有打持久战了。等回到东京开始正式排练，她就会被我的才华征服。
　　晚餐后关于动机的讨论相当有趣。田所义雄得知由梨江和雨宫的关系，表现出很难看的嫉妒嘴脸，其实两人还没有结婚，何必那么焦躁。至今为止的人生经验告诉我，女人心比秋日的天气还要变化无常。
　　我提到麻仓雅美的名字时，众人的反应很有意思，就像遭到突然袭击般，一句话也说不出来。只有中西贵子没有显露出错愕，她应该是真心相信麻仓雅美的事纯属意外。而本多和雨宫都刻意强调那是意外。看来田所的自杀说有一定的可信度。
　　我是临时想到提出麻仓雅美的名字，但并不是毫无缘由。麻仓雅美的老家在飞驒高山，她在那里滑雪发生意外，或是自杀未遂，而那里离乘鞍高原出奇地近，有一条国道可以直达，距离不过几十公里。我不认为这只是巧合，总觉得和东乡阵平设下的这场游戏有某种关系。

不过没什么好心急的，慢慢收集资讯好了。

我在房间看了会儿杂志，又记下来这里之后发生的事，才去洗澡。本多雄一已经先到了，从白色浑浊的水中露出半截厚实的胸膛。

"谁告诉你的麻仓雅美受了重伤的事？"我泡进浴池后，本多主动开口问。

"呃，这个嘛，是中西小姐随口提过。"

"又是贵子。她可真爱多嘴，看来温子和老师的事也是她传出去的。"本多哗啦哗啦地掬起水洗脸。

我决定不告诉他，这件事其实是田所透露给我的。"她是那种藏不住秘密的个性吧？"

"是啊，简直就是个大喇叭。"

"她还提过元村小姐和雨宫先生的事，说两人是恋爱关系，这是真的吗？"

"嗯，这两人的关系是真的。"与我的期待相反，本多明确给予了肯定，"不过你最好别提起这件事，因为他们似乎对公开很有顾虑。"

"我自然不会说。"

"拜托啦。"本多将手举到脸前，做了个感谢的手势。

"对了，"我说，"你住的是双人房吧？"

"是啊。"

"那今晚我可以去你那里睡吗？"

听到我的要求，他露出惊讶的表情。"是可以啊……但是为什么？"

"我预感今晚会发生第二起命案，但如果我们两个人在一起，即使扮演凶手的人找上门来，也没什么好怕的。"这是我从晚餐时就在考虑的事。

"但凶手有可能要求我们两人一起被杀啊。"

"除非凶手的设定是有枪，但从笠原小姐的情况来看，应该并非如此。如果要一次杀死两人，凶手必须提出合理的作案手段，否则我是不能接受的。"

"即使凶手说要用力勒死我们两人，我们也不会答应。不过你忘了一件重要的事，如果我就是扮演凶手的人怎么办？这岂不正是杀你的大好时机？而且，你能向我证明你不是凶手吗？"

"我会让第三方知道我们在一起。这样只要其中一方被杀，第三方就知道另一个人是凶手。"

"既然知道有第三方知情，凶手也就无法贸然下手。"

"没错。总之，我们两人在一起大有好处，即使其他房间发生了命案，我们也可以证明彼此的清白。"

"那找谁当证人呢？"

"我们各自决定吧。"

"嗯……"本多整个人浸到水中，只露出下巴，做了个自由泳的动作后抬起头，"有点复杂，不过这样也好。"

"可以吗？"

"可以，我在房间等你。"

"你先找好证人。"

"好的。"说完，本多走出了浴池。

我仰头看去，他宽阔的后背就像一堵墙。

他前脚刚走，雨宫京介就进来了。我本以为他很瘦，没想到他脱掉衣服后，身材竟然不输本多。

雨宫跟我聊了关于表演的种种，都是些不痛不痒的话题。他应该是刻意选择这种稳妥的话题。我觉得与其这样不咸不淡地聊天，还不如闭上嘴不说话，但他大概觉得我是新加入的人，应当特别关照些。他是典型的领导者类型，但不见得能成大器。

我问起伦敦留学的事，雨宫闪过一丝惊讶的表情，但并没有问是谁告诉我的，只是用不太热心的语气说："现在还不知道是不是我去。"

看了他的表情，我颇感讶异。他看上去不是故作姿态，而是真的对留学不感兴趣。

和雨宫一起洗完澡，一看时钟，已是十一点十五分。对我来说这个澡泡得够久的，可能是和雨宫聊天的关系吧。在水里泡的时间太长，我感到喉咙发干。冰箱里应该还有很多罐装啤酒，于是邀雨宫一起去喝。

"不，今晚不喝了。"他谢绝后，走上楼梯。途中他停下脚步，再三叮嘱我，回到房间之前要关掉交谊厅和走廊的灯。

我正要走进厨房，忽然听到楼上房门开关的声音。直觉告诉我那是由梨江的房间，我立刻躲进厨房，从门后悄悄抬头望向二楼走廊。出乎意料的是，竟然看到田所义雄正快步离开。不知道是不是我的错觉，他似乎心情很愉悦，最后身影消失在他自己的房间。

我已经没有心思喝啤酒了。

田所这混蛋，竟敢夜闯由梨江的房间？虽然觉得不太可能，我还是忍不住冲上楼。中途我不得不硬生生收住脚步，因为由梨江从房间出来了。她看到我，朝我浅浅一笑，走向盥洗室。

我加快脚步，终于在盥洗室前追上了她。"等一下……"

"嗯？"由梨江对我爽朗地微笑。

我又一次在心里感叹，美丽的女人即使不化妆，依然光芒耀眼。不管怎样，看来我担心她被田所义雄骚扰是多余的了。"我想拜托你一件事。"

"什么事？"

"请你当证人。"

"证人？"她脸上带着笑容，眼里浮现出困惑。

我向由梨江说明了刚才和本多雄一讨论的事。"如果明天早上我消失了，本多先生就是凶手。"

"我明白了……本多先生也同意吗？"

"是的，他接受了。"

"是吗？"由梨江眼神飘忽了一下，然后说，"好主意，我也叫贵子来我房间吧。"

"如果你决定了，请告诉我，我可以给你当证人。"

"那就拜托了。"由梨江郑重其事地向我行了一礼，让我觉得有点夸张。但她似乎并没打算真的把贵子叫到自己房间。

互道晚安后，我想起雨宫的叮嘱，把交谊厅和走廊的灯全部关掉。虽然担心这么暗，由梨江从盥洗室出来会不方便，但这也许只是我闲操心。

我几乎是摸索着来到本多雄一的房门前。只敲了一次门,门就开了。本多雄一穿着运动衣裤。

"这么晚才来。"

"找证人花了些时间。"

"你找了谁?"

"元村小姐。"

"哎……"本多吸了一口气,"这么晚去房间找她?"

"我刚好在盥洗室碰到她,就顺便请她帮忙了。"

"哦,原来是这样。"本多这才放心地松了一口气。

我不禁苦笑。没想到这个男人在男女关系上很古板,从外表还真看不出来。我本想把田所从由梨江房间出来的事告诉他,最后还是作罢。"你找了谁当证人?"

"我?我谁也没找。既然你已经告诉了由梨江,那就够了。"

"万一我是说谎呢?"

"我不想疑神疑鬼到这种程度。如果你是凶手,那就到时候再说。"

"你可真洒脱。对了——"说着,我查看室内。房间比我想象中更狭小,靠窗放了一个小小的床头柜,两边各摆了一张床,本多睡的是右边那张。"我们把床挪一下,让两张床都紧紧抵住门。"

听了我的提议,本多瞪大了眼睛。"为什么要这样做?"

"为了让我们无法在夜间任意外出。否则不在场证明就不成立了。"

"噢,那好吧。"

我和本多挪动了两张床,让它们各抵住一半房门。这样一来无论谁想外出，都必须叫醒另一方。因为床头柜离得太远，于是连它也搬了过来。

"我可能会打鼾，还请包涵。"

"彼此彼此。"

我以为临睡前本多会邀我来一杯苏格兰威士忌，没想到他立刻上了床。我不便开口要酒喝，只好死心躺到床上。关掉台灯前，我看了眼时钟，将近十一点四十分了。

之后我大概迷糊了一会儿，做了几个短短的梦。我在黑暗中睁开眼睛，感觉似乎听到了什么动静，隐约可以看到本多雄一躺在旁边的床上。现在几点了？我想看时钟，但周遭漆黑一片，看不清楚。我心想开一下灯应该不会打扰到他，于是拉了拉台灯的灯绳。然而台灯没有亮。我又拉了一次，同样如此。

"怎么啦？"本多问。听他的声音，他似乎也没睡着。

"不好意思，吵到你了。我想看时间，可是台灯不亮。"

"噢……"本多从毛毯中伸出粗壮的手臂，拿起放在床头柜上的手表，按下开关，一盏小灯照亮了液晶面板。"十一点五十五分。"

也就是只过了十五分钟。

将手表放回原处，本多含笑问道："想到凶手可能近在身边，所以没办法安心睡觉吗？"

"不是这样的。这盏台灯是怎么回事？"

"应该是坏了，因为已经不大新了。"

"是吗？"

我连拉了几次灯绳，灯依然没有亮。我重新盖好毛毯，闭上眼睛，但似乎失眠了，睡意全无。本多也没有发出鼾声。

我翻了个身，又过了几分钟，突然眼前一片光亮。我睁开眼睛，发现台灯亮了。
　　"哇，怎么回事啊！"
　　本多把脸埋进枕头。我也被灯光刺得皱起眉头，赶忙关掉台灯。
　　"奇怪，这到底是怎么回事？"
　　"所以说它坏了嘛！好了，这回该睡了。"本多不耐烦地说完，转过身去。
　　我无法释然地闭上眼睛。

5

元村由梨江的房间。

田所义雄来过后,由梨江一度离开房间,回来后立刻熄灯上床。

黑暗中,几分钟过去了,由梨江并没有睡着。她在床上翻来覆去,不断地换姿势,床脚发出嘎吱嘎吱的响声。

过了片刻,又一次响起敲门声。这次的声音比田所义雄敲门时更轻。

由梨江拉了台灯开关,但灯没亮。"咦?"她在黑暗中喃喃自语。

她摸黑来到门旁。"谁啊?"

没有人回答,只是又轻轻敲了两下门。

"谁啊?"由梨江再问一声,同时打开锁,把门开了一条缝。

就在这时,只听一声沉闷的声响,由梨江发出呻吟,当即倒地。一条黑影从门缝滑进,压在她身上。她想挣扎,却无法抵抗。一片漆黑中,两条影子重叠在一起。

由梨江很快就一动不动了。和袭击温子时一样,入侵者拖着她离开了房间。

第三天

久我和幸的独白

昨晚睡得有些晚，但今早我六点就起床了。我不是自然醒来，而是被本多雄一叫醒的，他说他要上厕所。我只好起身，把床挪回原来的位置。因为我判断已经没有必要抵住门了。

本多出去后，我打算再小睡一会儿，但他很快回来，又把我摇醒了。

"怎么啦？"我微微睁开眼问。

"你现在回自己的房间。"本多说，"不要被别人看到。"

"为什么？"

"我刚才上厕所时想到，应该就快发生第二起命案了。"

"所以呢？"

"如果昨晚发生了什么事，我们有不在场证明。不过现在就公布这件事并不是太合适，没必要告诉其他人这个秘密。"

"原来如此，说得也是。"

"所以，"他压低声音，"趁其他人还没起来，你偷偷回自己房间，过阵子再若无其事地露面。"

这个主意不坏。但是有一个问题，就是元村由梨江知情。我说出这个疑问后，本多用力点头，似乎表示他也想到了。
　　"我会请她保守秘密。不过如果她是凶手，那就没有意义了。"
　　"我想不至于。"我说。
　　悄悄返回自己房间后，我又睡了一个小时。

1

交谊厅。

剧团成员们起得比昨天稍晚，八点多才开始起床。最早走出房间的是久我和幸，其次是本多雄一。

不久，雨宫京介和田所义雄也出现在交谊厅。从这时起，几个男人脸上都流露出难以言喻的复杂表情，无疑是在担心昨天的一幕重现，生怕还没起床的两名女子之一成为这场游戏中的被害者。尤其是田所义雄，像熊一样走来走去，不住抬眼望向二楼，明显是在惦念着元村由梨江。

贵子起床时，他们的忧虑达到了极限。但谁也没有说出口，而是不约而同地走向楼梯。田所比其他人都快一步，第一个冲上二楼。

"哎呀，你们这是怎么啦？"不明状况的贵子茫然地看着几个男人擦肩而过，奔向由梨江的房间。

田所义雄敲了敲门。"由梨江！由梨江！"

没有人回答。田所回过头，问身后的几个男人："我可以打开门吗？"

所有人都微微点头。取得同意后，田所拧动门把手。门没有锁，很轻松就打开了。

田所率先走进房间，立刻扫视室内，发现元村由梨江不在后，视线落在自己脚下。那里掉落了一张纸。他拾起来读了上面的内容，懊恼地咬着嘴唇。

"是那个吗？"雨宫在他背后问。

田所怏怏地把那张纸递给他。

"第三个设定——果然一样。"

雨宫念出声来："关于元村由梨江的尸体。尸体倒在这张纸掉落的地方，和上次一样，发现这张纸的人就是尸体的发现者。尸体的前额有被钝器打击的痕迹，颈上有被人徒手勒过的痕迹。服装是一套运动服。此外，各位依然被大雪困在山庄中，不能通过电话等方式与外界联络。"

本多雄一重重地吐出一口气。"第二起命案还是发生了。"

"可是，为什么是她？"田所义雄神经质地眯起眼，难以克制内心焦躁似的挥着拳头，"不是她也可以啊！让像她这么耀眼的人早早消失，演凶手的人到底在想什么？"

"你好像很遗憾。"

"是啊，我很遗憾。"田所转向本多，"我们当中有个对表演一窍不通的人，想到我们竟然被这种人玩弄于股掌之间，我就气不打一处来。"

"虽然你嘴上这么说，但说不定你就是扮演凶手的人。"本多说完，抓了抓下巴。

"开什么玩笑！如果是我，一定把由梨江留到最后。"田所说着，站到雨宫面前,"你说实话,你就是凶手吧?为什么要让由梨江这么早离开舞台?"

"你在说什么啊?"

"你瞒不过我。在我们这些人中,东乡老师只会找你扮演凶手。"

"你先别急,"本多插嘴道,"我们在演推理剧,指出凶手时,要像侦探那样进行推理,而不是胡乱猜测。"

田所似乎对由梨江的消失耿耿于怀,仍然隔着本多的肩膀瞪着雨宫。但他旋即对自己方寸大乱感到惭愧,眨了几下眼睛后道歉说:"对不起,我过于冲动了。"

本多拍了拍他的肩膀。

"这里暂且不动,我们回交谊厅。"雨宫振作精神,准备让大家离开房间。

"啊,等一下。"久我和幸说完,走进房间。他来到床边,指着枕边的台灯,回头看着门口。"台灯亮着,为什么?"

"可能是凶手上门时打开的,"雨宫说,"离开房间的时候忘了关掉。"

"嗯……是这样吗?"久我和幸无法释然地盯着台灯,但见其他人都已出去,也只得离开了房间。

"这件事该做个了结了。到底谁是凶手,现在就查个清楚。"田所义雄站在交谊厅中央,如同指挥般挥动着双手。

"凶手就在你们四个人当中。"中西贵子扫视着他们,叹了口气,"真不愧是演员,每个人看起来都像,但又觉得不是。"

"不是四个人,还包括你自己。"本多雄一说。

"我最清楚自己不是凶手。"

"无论问谁，都会这么说。"

"有没有谁有线索？"田所义雄似乎对本多和贵子冗长的讨论感到不耐烦，大声叫道。

没有人发表意见，显得叉开腿站在那里的他格外显眼。

"被杀的时间是设定在什么时候呢？"雨宫京介开口了。

"应该是深夜吧。"本多雄一说。

"也可能是清晨。"

"不，不可能。"久我和幸看着中西贵子说，"因为台灯亮着。如果天已经亮了，就没必要开灯。而且，深夜的可能性也很低。凶手应该是先敲门，等元村小姐开门后出手袭击，所以……"

"如果时间太晚，由梨江就会怀疑，也可能已经睡着了，敲门叫不醒她。"本多雄一接着说道。

"没错。"

"那么，是在所有人回房间后不久？"雨宫京介平静地说，"时间的话，是十一点到十二点多。"

"我十一点就上床了。"贵子主张自己的清白，但男人们都置之不理。

"最后见到由梨江的是谁？"雨宫问。

"应该是我。我在浴室的更衣室碰见了她，当时是十点左右。"

"之后还有谁见过她？"

没有人回答。

"恐怕就是凶手了。"本多雄一说。

"哎，没有什么好办法可想吗？凶手绝对就在我们当中，如果到游戏结束依然一无所获，真不知道东乡老师会怎么教训我们。"

田所把整齐三七开的头发抓得乱蓬蓬的，似乎开始担心导演的评价。

"我不是在重复田所的话，可是，为什么会选中由梨江？"中西贵子以手托腮，喃喃地说，"和温子的情况不同，昨晚无论对谁下手，条件都一样。"

"只是偶然吧！"本多说，"也许只是因为袭击女人更容易得手，所以被选中的也可能是你。当然，前提是你不是凶手。"

"如果我是凶手，不会选择连杀两名女子。对了，我也许会找上本多你，因为身强力壮的男人被杀，更富有戏剧效果。"

"演凶手的人毫无品位，才不会考虑这种戏剧效果。"田所一再表示出对凶手的鄙夷。

"无论如何，我们需要更多的线索。"本多雄一高举起双手，用力伸了个懒腰，开玩笑地说，"拜托凶手，给我们点提示好不好？"

"你刚才不是还说这是推理剧吗？这样谄媚凶手太奇怪了。"田所马上加以驳斥。

"哈哈，对哦。"本多拍了拍自己的头。

"要是有测谎仪就好了，不过，说了也是白说。"贵子吐了吐舌头，窥探着男人们，似乎无意自己推理凶手。

男人们好像商量好了一般，都交抱着双臂沉默不语，沉浸在各自的思绪中，但从表情来看，谁也没有想到好主意。

"我觉得……"久我和幸说，"肚子饿了。"

本多雄一听了，扑哧一笑。"太好了，我早就盼着有人说这句话。"

也许是人同此心，其他人的表情也都放松了，气氛一时缓和下来。

久我和幸的独白

怎么会这样，怎么会这样？为什么由梨江会扮演被杀的角色？难怪田所义雄这么生气，没有了她，我来这里的意义就减少了一半。

事已至此，只有尽快找出凶手，让这场闹剧早早落幕。

好在我和本多雄一制造了不在场证明，凶手的范围由此缩小到三个人：雨宫京介、田所义雄和中西贵子。以常识来判断是雨宫，但也没准是田所。至于贵子，我觉得不可能，因为凶手也需要头脑。

有一件事让我很在意，就是昨晚枕边的台灯一度不亮。那究竟是怎么回事？和命案有关系吗？

今天的早餐是来这里以后最安静的一餐，每个人都只是默默地吃饭，脑子里无疑都在忙着推理。其他人必须在除自己以外的四个人中找出凶手，我和本多则可以多排除一人。和本多四目相对时，他冲我一笑，仿佛在说："怎么样，照我的话做没错吧？"的确，我们现在比其他人领先一步，但如果最后被他拔得头筹，那可无味得很。我才不要输给他。

早餐后，大家也没有互相讨论，而是各自分头行动。我这才意识到，以前由梨江发挥了很大的作用。有她在，田所和雨宫才会时常聚在一起。

田所回了自己房间。我有件与命案无关的事要问他，于是去找他。

他开门看到是我，露出有些意外的表情。我说有事要问他，他爽快地让我进了房间。

"什么事？"他站在窗前问，姿势中透着戒备。

"你昨晚去了元村小姐的房间吧？"

我单刀直入地问，田所明显很狼狈。"怎么回事，你这话是……什么意思？"

"你没有必要隐瞒。昨晚十一点多，我亲眼看到你从她的房间出来，但你刚才并没有说出这件事。田所先生，你是凶手吗？你是去演了一出杀死她的戏码后出来的吗？"为了问田所这件事，我没有告诉大家昨晚我在盥洗室前遇到过由梨江。

田所一脸"完了"的表情。"不，不是这样。"

"那你为什么去她的房间？"我紧接着追问。

田所一开始显得不知所措，但得知被我看到后，就无意再隐瞒，反而厚着脸皮笑了。"我找她有点事。"

"什么事？"

"私事。"

"我想也是。但你可不可以把内容告诉我？刚才我没有说出你从元村小姐房间出来的事，就是想先找你问清楚情况。"

"我很感谢……我应该要这么说吧？"田所坐到旁边的床上。

"但如果你不愿透露，我只有回去向大家公开这件事。那样一

95

来你终究还是要说出事实。"

田所低吟了一声，重复道："真的是私事。"

"你可以证明吗？"

"我无法证明，但我发誓是真的。"

"你发誓也没有用。"我掠了掠刘海，双手叉腰，转身往回走，"没办法，我只能向大家公开这件事了。因为我不能毫无依据地隐瞒这么重要的线索。"

我走到门口，抓住门把手时，他叫住了我。"好吧，我告诉你。"

我回过头，田所投来讨好的眼神。他的话简而言之，就是去确认元村由梨江的心意。他似乎有将由梨江的话过分往对自己有利的方向解读的倾向，但既然由梨江回答对雨宫并不是男女之爱，对我来说也是个好消息。不过我又觉得，她的话也不能全信，本多雄一不是还明确表示过，两人的确是恋爱关系吗？当然，当事人的表态应该是最准确的。

"我明白了。很抱歉刚才再三追问。"

"没事，我知道你也是不得已。"

他刚才并不情愿告诉我，但这时看上去又颇有几分自得。说不定他早就想跟谁说了。

从田所的房间出来，站在走廊上俯视交谊厅，发现只有中西贵子一个人坐在那里。她戴着随身听的耳机，可能正在听节奏轻快的曲子，身子前后左右地晃动着，丰满的胸部上下起伏。雨宫京介和本多雄一都不在。

我决定再去元村由梨江的房间看一下，也许可以找到什么线索。我没有敲门，直接打开由梨江的房门。里面已经有人在了，是雨宫京介，他正蹲在地上。

"哟，你也来调查吗？"见我愣在那里，他有些不好意思地笑了笑，抬头看着我。

"是啊……你在做什么？"

"模仿侦探，来看看凶手有没有落下什么东西。"雨宫站起来，拍了拍膝盖，"很可惜，没有收获。"

"我不是重复本多先生的话，不过提示确实太少了。"

"嗯，也许吧。"说完，他侧头沉思，"按照剧情走向，还会有人死亡，所以在那之前，凶手绝对不会暴露身份。"

"有可能。"

我表示赞同后，想到说话的雨宫可能就是凶手，不由得生出戒备之意。即使是游戏，我也不想被迫演一个突然被杀的角色。

我留心观察着室内。想到不久前元村由梨江就住在这里，心里不禁怦怦直跳。房间里有两张床，其中一张毫无使用过的痕迹，应该是笠原温子的那张。另一张床上毛毯卷起，床单上微妙的褶皱看在我眼里，更觉脸红心跳。

同是双人房，这个房间比本多住的那一间要宽敞一些。墙边有一张桌子，墙上安了一面圆镜，可以作为梳妆台使用。可能正是因为有这个优点，两位女士才选择了这间房。架子上放了一排与男人无缘的化妆品，我忍不住寻找起由梨江的口红，虽然找到了也没有用。

"东西可真多。"雨宫走到我身旁，表达了相同的感想。"嗯？这是什么？"他伸手去拿放在一角的一个小包，但立刻又缩回了手，大概是看出了那是什么。与此同时，我也知道了。

从敞开的口中,可以看到生理期用的卫生巾,看来不是笠原温子就是元村由梨江正在生理期。中西贵子说在泡澡时遇到过由梨江,那么是温子?不,温子也泡了澡。听说只要用卫生棉条,生理期也可以入浴。

"是忘了收起来吗?"雨宫喃喃道,"即使是为了演得真实,也不会愿意让我们男人看到这种东西吧?通常离开房间时会收起来才对。"

"是啊,看来只是忘了。"

记得读高中时,我看到坐在前排的女生课桌抽屉里放了个小袋子,便问她那是什么。她慌忙藏了起来,然后狠狠瞪了我一眼,就为了这件事,整整一个星期不跟我说话。后来才从其他女生那里得知,那是装卫生巾的袋子。女生就是这么不愿意被男生看到这种东西,以常理来说,很难想象会不收拾就离开。

我离开架子,在门口附近随意查看着。雨宫开始查看床的四周,我们俩都觉得有些不自然。就这样过了几分钟,走廊上传来匆遽的脚步声。我开门一看,本多雄一正在走廊上看着交谊厅,模样显得十分慌张。

"怎么啦?"我问道。

他露出前所未有的凝重表情,走了过来,手上拿着一根黑色的棒状物。"雨宫也在吗?那正好。"

"你有什么发现吗?"雨宫说着,也过来了。

"钝器,"本多说,"掉在屋后。"

他递出的是黑色的金属制小花瓶,我似乎在哪儿见过。

"哦,找到凶器了吗?设定是由梨江遭钝器打击后被掐死,没想到真的有凶器存在。不过，有证据证明这就是凶器吗？"

"你不觉得眼熟吗？"本多问，"这个花瓶原来放在盥洗室的窗台上。"

我和雨宫同时低呼了一声。

"原来如此，按照设定，凶手就是用这个打了由梨江吗？我完全没注意到，这是个盲点。"雨宫佩服地说，但本多雄一依然一脸严肃。

"你们仔细看，上面似乎沾了什么？"本多说着，把小花瓶伸了过来。

我和雨宫同时凝视着花瓶，顿时明白了本多的意思。

"确实……沾到了什么。"

"对吧？"他将花瓶举到眼睛的高度，声音沉重地说，"再怎么看，这血迹都是真的。"

我不知道该说什么，和雨宫一样愣住了。

2

交谊厅,中午十一点。

"所以到底是怎么回事?"中西贵子气冲冲地问,呼吸也很急促。

"我也不知道是怎么回事。"本多雄一盘腿而坐,沉着脸说。他面前放着脏污的金属花瓶,所有人都围坐在花瓶周围。

"只是,你们不觉得有点奇怪吗?为什么这上面会沾了血?"

"真的是血吗?"田所义雄打量着花瓶,像在看什么可怕的东西。

"我觉得是。你不相信可以自己看,你不是在医院打过工吗?"

听本多如此说,田所义雄战战兢兢地伸出手,只略一端详,就放回原来的位置。

"确……确实像是真的。"他说得有些结巴,脸色也变得苍白,"这是怎么回事?为什么会沾上这种东西?"

"所以我才说奇怪啊。"

"不,以东乡老师的行事风格,有可能会做出这种事。"雨宫京介的语速比平时更慢,似乎是为了让大家冷静下来。

"你是说,在小道具上沾上真的血迹?有什么目的呢?"

"当然是为了营造出临场感。"

听了雨宫的回答，本多哼了一声。"其他事情全部要靠我们的想象力，要假装被大雪困在这里，不能与外界联络，最后还要假装这里有尸体。为什么唯独凶器突然要有真实感？"

"至少让凶器像真的一样——我想是出于这种意图吧。这是唯一的可能，不是吗？除此以外，还有什么可能性？"

被雨宫一反问，本多沉默了。重新观察了花瓶后，他抓了抓后脑勺。"好吧，如果大家都不在意，那也没什么。我只是觉得心里有点发毛。如果说这是老师别出心裁的安排，也不是不可以理解。"

"老师在某些地方出乎意料地孩子气。"中西贵子语调开朗地说，"他一定是想让我们体验到真正的恐惧。"

"或许吧。"

"那么，这件事就到此为止。"雨宫京介拍了一下手，结束了这个话题，然后又搓了搓手，"难得找到了这么重要的线索，能不能依此提示进行推理呢？"

"这个花瓶原本放在盥洗室的窗台上。"久我和幸冷静地说，"在知道元村小姐出事前，有没有人注意到它不见了？"

没有人回答。

"那么，最后看到它在盥洗室是什么时候？"

"昨晚我临睡前还看到过。"雨宫回答。

"所以凶手很可能在去由梨江小姐的房间之前，去盥洗室拿了花瓶，行凶得逞后再扔到山庄后面。"

"还沾上真的血迹。"本多雄一补充道。

"就是这样，虽然我不知道凶手是怎样保存血液的。"

久我和幸无心的一句话，让众人一时又陷入了思考。

"为什么这次是先用钝器击打再掐死呢？"中西贵子提出疑问，"温子那时候只是用耳机线勒死啊。"

"应该是考虑到行凶时的状况吧。"雨宫回答，"温子的设定是弹钢琴时突然从背后遇袭，而由梨江是和凶手正面相对，突然伸手将她掐死不是很自然。从现实的角度考虑，有可能会遭到意想不到的抵抗。所以要在她开门的一刹那，先用钝器把她打晕，再掐死她。"

"说得好像你在现场目睹了一样。"本多雄一斜眼瞟着雨宫，笑嘻嘻地说，"所以，凶手果然是——"

不等他说完，雨宫伸手制止。"如果稍微动下脑筋就被当成凶手，那我什么话都不敢说了。如果我是凶手，才不会这样公开自己的推理。"

"但也有可能是幌子啊。"

"真是服了你了。我觉得自己是在演名侦探的角色，所以不可能是凶手，但又没有办法让你们相信。"

雨宫面带怏怏之色，但似乎并不是真的觉得伤脑筋，而是很享受这样的讨论。

"即使你是在扮演侦探的角色，也没有理由相信你。毕竟侦探就是凶手的诡计如今早已烂大街了。"

"的确如此，但这种诡计本来就不公平。你知道诺克斯的推理小说十诫吗？"

"侦探和主角不可是凶手——这已经是老古董了。"

"诺克是什么？"中西贵子左顾右盼，看看雨宫，又看看本多。

"是诺克斯。这个大叔说,中国人很可怕,所以不能出现在推理小说里。"

"什么话!这太奇怪了!根本就是种族歧视造成的偏见。"

听了贵子的话,坐在她两侧的男人都笑了起来。

"种族歧视吗?没错,如果是我,会订下更严谨的十诫。"

本多雄一摊开右手,弯下拇指,大声说道:"首先,缺乏刻画角色能力的作家,不可以写名侦探。"

哈哈,久我和幸笑了。

"因为常看到这样的推理小说,明明角色毫无个性,魅力也欠奉,却硬是冠上名侦探的头衔。作者没有描写能力,只会干巴巴地夸说此人如何头脑清晰、博学多才、行动力超群,还煞费苦心地给他取一个听起来很神气的名字。"

"第二,不要小看警察的侦查能力。"

"这也有道理。"雨宫点头,"不过如果如实描写警方真正的能力,恐怕侦探就没机会登场解谜了。"

"所以需要我们眼下这种'在大雪封闭的山庄里'的设定。"

"第三,不要老是唠叨公平还是不公平。"

"这是对谁说的?作家,还是读者?"

"双方。"说完,本多弯下第四根手指,"还有一点——"

"好了,好了。"雨宫苦笑着制止说得忘形的本多,"这个问题以后有空慢慢讨论,现在还是我们自己的事更重要。呃,我们刚才说到哪儿了?"

"用花瓶打元村小姐的设定。"久我和幸表现出了他的冷静。

"啊,没错。都是本多说些不相干的话,把话题扯远了。"

"也就是说，使用钝器是为了把由梨江打晕？"中西贵子确认似的问，"结果不小心打破了她的额头还是什么地方，出血了。"

"应该是这样。"雨宫说。

"不是我要旧调重弹，但这种设定有必要吗？"本多雄一拿起花瓶，"之所以用钝器，基本上就是为了避免见血，为什么还要特地沾上血迹呢？"

"这当然是……为了加剧紧张感。"雨宫答道，"人看到血就会激动，我想老师就是利用这种习性，让我们情绪愈发紧张。"

"嗯，习性吗……喂，老弟，你要去哪儿？"

田所义雄没有参与讨论，突然起身上楼。本多叫住了他。他站在二楼的楼梯口，低头看着四人。"我去由梨江的房间。"

"你去干吗？"本多问。

田所恍若不闻，沿着走廊来到由梨江房间前，这才回过头。"我对花瓶沾了血还是无法接受。我去她房间调查一下，也许可以有所发现。"

"我和久我刚才已经查看过了，没有任何收获。"雨宫说。

田所没有回答，走进了房间。

本多雄一不觉叹了口气。"他的心情我可以理解。心爱的由梨江成了被害的角色，凶器上还沾了真的血迹，当然会心神不宁。我也仍然不能释怀。哎，我去陪他看看好了。"他拍了拍双膝，站起身，脚步轻快地走向二楼。

"田所还是放不下由梨江。"中西贵子意有所指地看着雨宫，"都是因为你们不肯公开，他才会全然不知自己毫无指望，始终抱着一线希望。"

"我和由梨江不是那种关系。"

"哎呀，怎么到现在还说这种话，你们吵架了吗？"贵子瞪大了眼睛。

"都是你们在瞎凑热闹。这件事先放在一边，来稍微认真推理一下吧。"

"那就在你刚才推理的基础上，继续往下分析。"久我和幸说，"凶手用花瓶打晕了由梨江小姐，掐死了她。刚才是推理到这里吧？接下来凶手会怎么做？"

"当然是回房间啦。"

"不，回去前应该先把花瓶扔到山庄后方。啊，这样一来……"久我似乎想到了什么，凝视着半空，"山庄后面当然会留下脚印。啊，不行，后门放有长筒雨靴，凶手应该穿了雨靴，那就无法从鞋印锁定凶手了。"

"不过还是去看一下吧，说不定又贴了什么说明状况的纸条，比如'有长筒雨靴留下的脚印'之类的，没有说明反而奇怪。温子被杀后，我们调查出入口时，找到了写着'雪地上没有脚印'的纸条。没有脚印的时候写了纸条，凶手应该留下脚印时却不写，这不公平。"

"但如果贴了纸条的话，刚才本多应该会发现啊。"

"可能他疏忽了。贵子你要是怕冷，就留在这儿。"

"我去，我去。去总可以了吧？"贵子不耐烦地站起身，跟在雨宫和久我身后。

他们正走在走廊上时，田所和本多从由梨江的房间出来了。两人默默地来到雨宫他们面前。

105

"怎么了，你们两个？表情这么可怕。"

"你们看看这个。"田所递出一张小纸条。

雨宫接过纸条，瞥了一眼，目光顿时凝重起来。"这是在哪儿找到的？"

"在房间的垃圾箱里。"本多答道，"你刚才没看到吗？"

"垃圾箱里吗……没有，我大致看了一下，但没有仔细翻看纸屑，因为觉得不能侵犯别人隐私。"好像犯下了大错一般，雨宫懊恼地看着纸条。

"这张纸上写了什么？"贵子从旁探头一看，登时皱起眉头，"这是什么？怎么回事？'把这张纸当成钝器'……这是什么意思？"

"什么意思，就是字面的意思。"不知道是不是错觉，田所义雄的声音似乎在发抖，"按照推理剧的设定，凶器被丢在由梨江的垃圾箱里，那么，那个沾血的花瓶又是怎么回事？"

久我和幸的独白

我们又围坐在交谊厅，但气氛前所未有地沉重。

那张纸上的内容全文如下：

把这张纸当成钝器（盥洗室的花瓶）

难怪田所会歇斯底里，如果把这张纸当成钝器，那本多发现的真花瓶又是怎么回事？上面沾的血又该如何解释？

"这样可能不公平，"田所似乎在极力克制激动的情绪，声音低沉地说，"但关于这件凶器的事，能不能请扮演凶手的人说明一下？老实说，这样下去，我已经完全没有心思演戏了。"

"你是要凶手自报家门？"本多雄一露出不耐烦的表情，"这明显不可能。"

"凶手不需要自报家门，我有个想法。"

"怎么说？"

田所从电话桌上拿来几张便笺。"把这个发给大家，演凶手的人可以在方便的时间写下关于凶器的说明，放在大家看得到的地方。"

"哼，我还以为是什么好主意呢。"本多不屑地把头扭到一边。

"可是，问演凶手的人不是最可靠吗？我们知道原委后，就可以放心了。用这个方法，凶手也不会暴露身份。"

"不，我觉得不合适。"雨宫京介说，"写在便笺上的内容，可能成为找到凶手的提示，那就不能算是真正的解谜，东乡老师特地做的这个实验也失去了意义。"

"那要怎么办？难道就丢开不管吗？"田所义雄愤然作色。

"你们可真是奇怪，"本多再也忍耐不住地说，"都到这个地步了，还在说什么演戏不演戏。"

"什么意思？"中西贵子问。

"我从一开始就觉得这个奇怪的游戏不对劲，这真的是排练舞台剧吗？还是根本不是这么回事？"

"那你说是怎么回事？东乡老师特地把我们召集到这里，到底想做什么？"一贯冷静的雨宫声音也尖锐起来。

"如果只是排练舞台剧，那怎么解释花瓶的问题？雨宫，你解释得了吗？"

本多一副要吵架的样子。面对这种莫名其妙的事态，我也很想找个人出气。

"正因为解释不了，才会这么烦恼啊。"说完，雨宫也瞪了本多一眼，"还是说，如果不是排练舞台剧，就可以解释呢？"

本多环视众人，突然站起身，来回踱步，然后低头看着我们。"对，可以解释，而且很合理。你们应该也不是没有发现，只是不敢说出口。久我，你怎么看？你什么都没有察觉吗？"

突然被他点名问到,我顿时慌了神,但还是闭着嘴,移开了视线。我当然知道本多想说什么。

"既然如此,那就我来说吧。"他粗大的喉结动了一下,咽了一口唾沫,"这出杀人剧不是演戏。虽然让我们以为是演戏,其实全部都是真实发生的事。只要从这个角度看,一切都说得通了。凶手起初打算将真正的花瓶扔在垃圾箱里,不料沾上了血,于是将花瓶扔到屋后,写了张纸条放在垃圾箱。总而言之,温子和由梨江都是真的遇害了。"

"啰唆!"田所义雄突然叫道。我吃惊地看向他,只见他脸色苍白,连嘴唇都没了血色,在微微发抖,接着又吼道:"闭嘴!不要胡说!"

"好,我闭嘴。反正我想说的话已经说完了。"本多雄一盘腿坐了下来,"如果你可以提出其他的解释,不妨说来听听。"

"别吵了!"贵子双手紧握在胸前,尖声叫道,"一定是哪里弄错了。这么可怕的事……绝对不可能发生!"

"我也这么认为。"雨宫说,"我想只是因为凶手的疏漏,导致凶器重复了,没必要放在心上。"

"你倒是很沉得住气嘛。"低着头的田所义雄缓缓看向雨宫,"是因为知道真相,所以才这么冷静吗?"

"不是这样的。"

"骗人,你肯定知道!"田所伸手抓住雨宫的膝盖,整个人都扑了上去,"快说!由梨江平安无事,对不对?她并没有真的被杀,对不对?"

看来田所已经陷入错乱,不知道自己在说什么了。他似乎认定雨宫就是凶手,但既然这样,就应该问"你并没有真的杀她",而不是"她并没有真的被杀"。

"你冷静点,我不是凶手。"雨宫京介推开田所的手。

失去重心的田所双肘撑在地上,用拳头咚咚地捶着地,发泄内心郁积的怒火。我看在眼里,觉得他的演技不够好。如果是我,只会挥拳停在半空,紧咬着牙,这样更能表现内心的懊恼。

等等,我到底在干什么啊,净在想些无聊的事。这不是演戏,而是现实。由梨江很可能已经死了,事态很严重。可是我完全没有真实感。我能够理解,也明白眼下的状况,但脑袋里的齿轮却像没有啮合好一样,一直在空转。

"总之,先冷静下来思考。"说完,雨宫自己也做了个深呼吸,似乎是为了平复内心的不安,"目前只是凶器这个小道具出现了矛盾。本多说可能真的发生了命案,但并没有发现尸体,现在就得出这样的结论,未免为时过早。"

"可是,还有别的可能吗?"也许是情绪激动,本多这句话声音很大,回荡在整个山庄。

"如果真的杀了人,善后是很麻烦的。要怎样处理尸体呢?"

"应该是偷偷运到某个地方。"

"别说得这么含糊,有什么地方可以藏匿尸体?"雨宫反问。

本多似乎一时答不上来,不住用右手摩挲着紧闭的嘴巴。

就在这时,中西贵子"啊"地惊叫一声。我吃了一惊,向她望去。

"怎么啦?"雨宫问。

"那口……水井。"

"水井?水井怎么了?"

贵子爬到我旁边。"那口旧水井,尸体是不是可以扔到里面?"

这回轮到我惊呼出声了。与此同时,本多雄一已冲向厨房,似乎打算从后门绕到屋后。我紧随其后,其他三人自然也跟了过来。

几十秒后,我们团团围在红砖砌的旧水井前。

"久我,你不觉得盖子的感觉和昨天不大一样吗?"

贵子指着封住水井的木板,一副快哭出来的表情。我只是象征性地打量了一下,昨天就没仔细看,更别说记得木板是怎样盖的了。

"呃……我说不上来。"我这话说了等于没说。

"少废话,打开一看就清楚了。"

本多雄一上前一步,移开一块木板。我在旁边帮忙,雨宫也加入进来。贵子因为害怕离得远远的,这我可以理解,令我意外的是,田所义雄也茫然呆立不动。

木板共有六块。全部移开后,依然看不到井底。这口井很深,瘆人的黑暗仿佛无止尽地向下延伸。

"贵子,手电筒。"本多吩咐道。

"哪里有?"

"应该有的,应急用品什么的。"

"有吗?"贵子疑惑地走向山庄。

"我也去。"雨宫跟在她身后。

目送他们离开时,我的视线又落在那张靠墙竖立的台球桌上。我不由得又想,为什么会放在这种地方呢?

等待手电筒的时间里,我们往井里扔了三块石头。小石头投下去毫无动静,稍大些的石头投下去,也只隐约听到沉闷的声音。

"井底好像是泥土。"

"都是泥土就好了。不过先不管这个——"

田所义雄探出上半身查看井里的情形,本多趁机对我附耳低语:"不知道接下来情势如何发展,但现在还不能公开我们的不在场证明。知道吗?"

我默默地点头。我也有同感,如果得知我们两人有不在场证明,其他人势必会大为恐慌。

本多从我身边离开时,雨宫京介和中西贵子回来了。贵子手里拿着圆筒形的手电筒。本多接过,照向井中。我们也都定睛细看。

"不行,看不清楚。"本多咂了下嘴。水井中间变窄,挡住了光线。

"再换个角度照照看。"我说,本多依言调整了角度,仍然照不到井底。

"可恶,真是不顺。"本多关掉手电筒,递向我。"你试试看?"

他身材高大,手臂也长,尚且没办法,我更不可能。我默默地摇了摇头。

"现在怎么办?"本多单手转着手电筒,看着雨宫京介问。

雨宫耸了耸肩。"不怎么办,我本来就不认为这里会有尸体。"

"原来如此,倒也没错。老弟,你呢?"本多征询田所义雄的意见,但他只是怔怔地站在那里,似乎失去了思考的能力。

"先把井盖恢复原状吧?"我在旁说道。

本多扬起下巴,点了点头。"说得也是。"

我们依次将六块木板盖好。但在放第三块时,我发现有异物。木板的边缘钩到一根红线。

"哦,这是什么?"本多似乎也注意到了。

我拿起来一看,是红色的毛线,好像在哪里见过。

"啊——那个！"中西贵子在我耳边尖叫。

"怎么了？"本多问。

贵子已是一副泫然欲泣的表情，像哭闹的婴儿般扭着身体。"那是……温子毛衣上的毛线。"

3

交谊厅,下午一点半。

沉重的气氛笼罩着所有人。中西贵子仍在不住哭泣,田所义雄掩着脸,躺在长椅上。另外三个男人彼此保持距离,有的盘腿,有的抱膝而坐。

"别哭了,现在还没确定尸体被扔在了井里。不,就连温子和由梨江是否真的被杀,也还没有定论。"雨宫提高声音说道。他是对着贵子说的,但似乎也是为了让自己冷静下来。

"那你说是怎么回事?为什么温子毛衣上的毛线会钩在井盖上?"中西贵子不顾自己哭得毫无形象,瞪着雨宫问。

雨宫似乎也想不出有说服力的理由,满脸苦涩地低下了头。

"不管怎样,"久我和幸开口了,"凶手就在我们当中。雪地上没有脚印只是凶手写在纸上的一面之词,如果真的发生了命案,也不排除有人从外面入侵的可能性,但所有的出入口都从内侧上了锁。"

"而且如果是外面的人,就不会知道温子一个人在弹琴,以及每个人睡在哪间房,也就无从把握行凶的时机。这一定是内部的人。"本多雄一斩钉截铁地说。

"凶手一定是很有力、力气的人。"贵子抽噎着说,"因为,要把尸体搬到那么远的地方。现在你们知道,不可能是我了吧。"

"不,那可未必。"本多雄一用平板的声音反驳。

"为、为什么?"

"因为两人不一定是在游戏室或卧室遇害的,也可能是凶手用花言巧语把她们骗到屋后,在那里杀了她们。即使是没多大力气的女人,也可以把尸体扔到井里,况且你在女人中体格算是不错的。如果是这样,那些说明状况的纸条可真是很巧妙的诡计,让我们误以为案发现场是在游戏室或卧室。"本多滔滔不绝地说道。没有看到温子和由梨江被杀情形的人,得出这样的推论也很自然。

"我不是凶手!"贵子紧握着手帕叫道,"我为什么要杀她们?我们关系很好啊。"

"那在场的各位,谁又有杀她们的动机?"

"这种事我怎么知道!"

就在贵子叫嚷时,一直躺着不动的田所义雄突然站了起来,迈步向前。

"你要去哪儿?"雨宫京介问。

"打电话。"田所回答。

"打电话?"

"我要给老师打电话,向他问个清楚。"他站到电话桌前,拿起了话筒。

"糟了!"

本多雄一正要站起，久我和幸已抢先一步敏捷地冲到电话前，拦住了田所。

"你干什么？"田所吊起眼梢。

"等一下，如果你要打电话，请先征得所有人的同意。"

"为什么要征得所有人同意？都发生命案了！"

"可是，是不是真的发生命案还不确定啊。"

"哪里不确定？证据已经很充分了。"

"老弟，你冷静点。"本多抓住田所的手腕，硬是把话筒从他手上抢了下来。

"还给我！"

"不可以这样乱来，你一个人在这儿发急也没用。"

田所义雄被本多和久我两人架住双臂，强行带回原来的位置。

"为什么不行？为什么不让我打电话？"被放开后，田所仍然喘着粗气大叫。

"因为还有希望。"看到没有人回答，雨宫京介无奈地开口了。

"希望？什么希望？"

"也许这也是剧本的希望。本多虽然嘴上坚称真的发生了命案，其实心里还是抱着一线希望，觉得说不定这也是东乡老师的安排……"说完，雨宫抬头看着站在一旁的本多："是这样吧？"

本多苦笑着抓了抓眉毛上方。"我不能断定绝对没有这种可能性，毕竟安排者是东乡老师，他会做出什么事，实在很难捉摸。"

"没错。沾血的凶器和红色毛线，都有可能是故意让我们发现的。"

"我从来没想过这种可能。"中西贵子不知所措地喃喃道，终于停止了啜泣，"如果这是老师的安排，他为什么要这样做呢？"

"当然是为了让我们慌乱。"雨宫不假思索地回答，"关于笠原温子尸体的设定，无论在纸上如何描述，我们都完全不觉得紧张，也没有认真投入演戏。老师可能早就预料到会有这种情况，所以要引导我们真正进入推理剧的世界。"

但他话说到一半，田所义雄就开始猛烈摇头。"如果不是这样，该怎么办？我们还要和杀人凶手共处一段时间。"

"到明天为止，总之撑到明天就好了。"

"我才不干，我要打电话。"

田所又要站起来，本多按住了他的肩膀。"你这样做，之前的试镜就白费了。"

这句话似乎起了作用，田所的身体像被切断电源般停住了，继而全身无力。"试镜……是这样吗？"

"就是这样。"雨宫沉静地说，"我也很想打电话，因为处在这种不安中很煎熬。但如果这是老师的安排，在电话接通的瞬间，我们就丧失了资格。"

"我不要丧失资格，"中西贵子说，"费尽千辛万苦，好不容易才争取到这个机会，我不想放弃。"

"大家的心情是一样的。"久我和幸也说。

"是吗……"田所剧烈起伏的后背逐渐平静下来，"可是，怎么确认这是不是老师的安排？"

雨宫和本多都没有立刻回答。

田所又问："告诉我，怎么才能确认？"

"很遗憾，"本多说，"现在还没有办法。硬要说的话，有没有尸体勉强可以作为判断方法。只要发现尸体，就不是演戏，到时就可以毫不犹豫地打电话，但不是打给老师，而是直接报警。"

"可是，看不到井底的情况……"

"所以，"本多将手放在田所肩头，"刚才雨宫也说了，无论如何等到明天。现在也只有忍耐到明天了。"

田所抱着头发出呻吟，似乎按捺不住内心的焦急。

本多有点心烦意乱地低头看着他，忽然又觉得好笑，微微苦笑了一下。"说不定我们现在好心安慰，结果其实他就是凶手。谁也不能保证没有这种可能。"

"我不是凶手。"

"嗯，我知道。以后不用再讲这种没用的台词了。"

"对了，"久我和幸缓缓说道，"不管这一切是不是东乡老师的安排，我们都只能推理凶手是谁，对吧？"

"没错。"本多表示同意。

"那么，到底应该根据什么样的状况来推理呢？仍然以笠原小姐的尸体在游戏室、元村小姐的尸体在卧室被发现为前提吗？"

"不，这……"本多含糊起来，望向雨宫，征求他的意见。

"到了现在这个地步，恐怕不能再按照那样的设定了。"雨宫皱起眉头，不知道是不是觉得口干舌燥，舔了好几次嘴唇后才说，"只有把现实作为推理的材料。发现沾血的花瓶、在井盖上找到温子的红色毛线，还有——"

"那两人消失了，对吗？"

本多说完，雨宫神情阴郁地点了点头。

久我和幸的独白

　　我认为由梨江已经死亡的概率约为百分之八十。这个数字并没有特别的根据。从目前的状况来看，一般都会认为她已经遇害。难怪她会把女人绝对不愿让人看到的生理用品随便扔在房间里。

　　但诚如雨宫所说，也有可能是东乡阵平的策划。但是我也不会轻率地做出五五开的乐观预测，所以考虑到最坏的情况，我认为概率为百分之八十。

　　元村由梨江清澈的眼眸、线条优美的嘴唇、雪白的肌肤不断浮现在我脑海中，她的声音也清晰地留在我的记忆里。想到也许再也见不到她，我就心如刀绞。早知如此，昨晚就该下定决心去她的房间。我忘了自己既没有这个打算，也没有这个勇气，一心为自己的犹豫不决悔恨不已。

　　如果这一切果真是东乡阵平的安排，如果元村由梨江还会带着灿烂的笑容回到我眼前，我一定会毫不犹豫地向她表明心意。这次的事让我深刻体会到，犹豫不决、百般筹算有多么愚蠢。

　　而如果她无法生还——

我要复仇。只是让警方逮捕凶手,无法平息我内心的怒火,那么,要杀死凶手吗?不,夺走元村由梨江的生命、害我永远失去她的大罪,区区一死怎能补偿!有必要考虑比剥夺生命更残酷的报复。

当大家的激动情绪逐渐平息时,我们终于吃了迟来的午餐。今天负责下厨的是我和本多,元村由梨江不在,我们没法做出像样的饭菜,也完全没有做饭的心思。和本多商量后,从食品库拿出了五碗应急用的泡面,我们只需要烧好足够的开水。

"你觉得是哪一种?"看着煤气灶上的两个水壶,本多雄一问。

"什么哪一种?"

"你认为这是现实,还是演戏?"

"现在还不知道,推理的素材太少了。"

"也是。"

"但是,"我说,"如果一切都是演戏,可真是煞费苦心。"

"是啊,"自从走进厨房后,本多雄一第一次露出笑意,"不过,那位老师的确是有可能做出这种事的。"

"你和东乡老师认识很久了吗?"

"刚开始演戏时,整天被他骂得抬不起头。"一个水壶的水开了,他一边将水倒进热水瓶,一边问,"你认为是谁?"他自然是指凶手。

我默然摇头,本多也默默地点头。

我忖度着雨宫京介的事。虽然没有什么根据,但印象中此人最可疑。看他郁郁不乐的神色,完全不像是凶手,但他们都是专业演员,从外表判断毫无意义。事态发展到如此地步,从戏剧效果的角度来考虑,如果雨宫是凶手,观众应该不会感到惊喜。

如果不是雨宫,那是田所义雄或中西贵子?

深爱着元村由梨江的田所义雄，一度冲动地要打电话。这一举动应该可以排除他的嫌疑。幸好我和本多阻止了他，如果放任不管，他恐怕真的会打电话。凶手不会主动揭穿并不是真的在演戏这件事；而如果这是东乡阵平的安排，打电话的举动就代表演凶手的人违反了东乡的指示。所以不管怎么说，田所都不可能是凶手。

不，不，也未必如此。虽然他一副要打电话的架势，但没准早已算好会有人制止。这种程度的表演，田所义雄也不难做到。至于由梨江，他也可能只是出于掩饰的目的假装爱她。

我感到头在隐隐作痛，神经似乎都要错乱了。

"关于不在场证明的事，"本多将食指贴在嘴唇上，"拜托你再保密一阵子，公开的时机就交给我来判断。"

"好。"我回答，心里觉得他很烦人，这种事说一次就够了。

另一个水壶也发出声音，我关上煤气灶。

午餐很简单，但谁也没有抱怨。就连第一天晚上要求吃牛排的田所义雄，现在也只是茫然地等待三分钟。选择吃泡面还有另一个理由，因为每个人都是自己拆封，不必担心有人下毒。

我们五个人默默地看着各自眼前的泡面盖子。这样的情景如果落在别人眼里，一定觉得既滑稽又心里发毛。

不一会儿，面泡好了，每个人都例行公事般地吃起来。谁都没有食欲，但一开始吃，手和嘴就机械地动了起来，不到十分钟就吃完了。没有人提及好吃还是不好吃。看到这种情形，我觉得如果这一切都是东乡阵平的策略，那我必须重新评价这位导演。之前没有一个人真正进入推理剧的角色，但现在无论情愿与否，都已融入了这种氛围。我也一样。

4

餐厅。

"来泡茶喝吧。"本多雄一摆好五个茶杯,将开水倒进茶壶。

"不用了。我觉得很累,懒得喝茶。"田所义雄的泡面还剩下一大半,他说完便站了起来,走到交谊厅,在已成为他固定座位的长椅上躺下。迟钝的动作显示出他精神上的疲劳程度。

余下的四人默默地喝着本多泡的茶,不断发出啜饮的声音,仿佛在竞争一般。

"我可以问个问题吗?"不知是不是无法忍受漫长的沉默,中西贵子抬眼看着几个男人,"如果真的发生了命案,会不会一切都是谎言呢?包括东乡老师把我们集合到这里这件事。"

"只能这么认为吧。"本多回答,"凶手无论如何都要将我们集中在一起,于是假托老师的名义寄出信件,把我们叫到这个山庄。"

"如果是这样,凶手手上应该没有东乡老师的邀请信。"贵子瞪大了眼睛,"你们都把那封邀请信带来了吧?那就拿出来看看,没有的人就是凶手。"

她说得很兴奋，但三个男人的反应却很迟钝，露出难以形容的尴尬表情，继续默默地喝着茶。

"怎么啦？为什么不说话？"贵子觉得自己想出了好主意，自然对他们的反应感到不满。

"是可以拿出来，不过只怕是白费功夫。"本多代表其他人说。

"为什么？"

"你想想看，凶手会没有这种准备吗？那封邀请信是用文字处理机打的，所以凶手只要多打一份给自己就可以了。"

其他两人都点了点头，表示本多说得没错。贵子似乎也想不出反驳的话，嘴巴微微动了动，又像贝壳般紧闭起来。

"不过，确认一下也好。等一下大家都拿来看看吧。"雨宫说，但显然不是认为有此必要，而是为了给贵子打圆场。

又是一阵沉默。本多雄一往茶壶里加了开水，中西贵子站起身，将所有人的茶杯移到他面前。

"我想了一下。"过了片刻，久我和幸开口了。三人几乎同时看向他。"假设这一切不是东乡老师的安排，而是真正的凶手的精心策划，我们不妨从头分析一下这个计划。我认为如果这不是真实的事件，而是东乡老师的安排，一定会出现某些不自然的地方。"

"你竟然用分析这么夸张的字眼。"本多略带嘲讽地说，"那么，你有何发现？"

"我只知道，如果这是真正的凶手设下的陷阱，事先必然经过了极为巧妙的计算，手法简直漂亮至极。"久我和幸叹息一声，缓缓摇了摇头。

"不要擅自下结论，可以说明一下理由吗？"雨宫眼神略显严

123

厉地说。

"我现在就来说明。首先,凶手是这样打算的,将所有通过试镜的人集中在这座山庄,然后伺机杀掉想杀的人。所以,凶手一开始做了什么?"

"给所有人寄出那封邀请信。"贵子说。

"没错。但现在想来,那封信里有三点限制:不得告诉他人、不接受询问、迟到和缺席者取消资格。换一个角度思考,这意味着没有其他人知道我们来到这里这件事。于是,凶手可以不受任何干扰,专心达到目的。"

"东乡老师是秘密主义者,附上那种程度的限制不足为奇,更何况是为了这样特别的目的。"雨宫京介刻意强调了"特别的目的"这几个字。

"是啊,不过请听我再往下说。"久我喝了口茶润喉,"凶手假托东乡老师的名义寄出邀请信,将我们聚集在这座山庄。但凶手还有几个问题必须解决:第一,要让我们来到这里后,不会和东乡老师或其他外人联系;第二,尽管东乡老师没有出现,也要让我们老实留在山庄里;第三,即使逐一杀人,其他人也不会慌乱。"

"稍微一想,还真是问题多多。"本多雄一嘀咕道。

"是的,但凶手想出了一个一举解决所有问题的办法,就是寄来的那封指示信。现在开始排练,你们都是剧中角色,无法与外界联络,在这种状态下揣摩角色——这个指示很像是东乡老师的风格,也可以理解为凶手深思熟虑后想出的策略。这样一来,首先解决了第一个问题,断绝了我们与外界的联络,第二个问题不消说也解决了。至于第三个问题,凶手杀死笠原温子小姐,将尸体藏在旧水井中，然后留下指示信说她在游戏室被杀。其他人看了那张纸条，丝毫不会感到惊慌，只会觉得排练终于开始了。谁都没有对杀人这种情况感到意外，因为书架上的那几本推理小说已经让我们有了心理准备。"

"就是说，那些书中也隐藏了凶手的意图？"中西贵子叹着气说。

"这样一想，就会发现一切都经过缜密安排。笠原温子小姐被杀时，大家不是去查看过出入口吗？所有出入口都贴着'门从内侧锁上，雪地上没有脚印'的纸条，这也可以解释为凶手想让我们的注意力远离藏尸的旧水井。"久我略一停顿，观察其他人的反应。没有人说话，应该不是不赞同，而是恰恰相反。"如此一来，本多先生发现那个花瓶，就成了凶手的严重失算。如果没有这件事，我们现在还在笑嘻嘻地享受推理剧的乐趣。"

"确实做得很巧妙，"本多紧咬着嘴唇，"如果这一切不是老师安排的推理游戏的话。"

"问题就在这里。"雨宫抢着说，"久我的分析很合理，确实感觉好像有凶手在暗中活动，但也许老师早已料到我们会这样想。"

"没错，"久我表示认同，"不过让我再补充一点。"

"是什么？"

"正如雨宫先生所说，不论事态多么严重，只要没有发现尸体，就无法断定真的发生了命案，因为可以认为一切都是东乡老师设下的陷阱。但换个角度来看，这也正是凶手的计划中最高明之处，只要无法明确这是推理游戏还是真实发生的事件，我们就不能去问东乡老师，也不能报警。用快信送来的指示当中，最后那句话发挥了重要作用。一旦使用电话，或是和外人发生接触，立即取消试镜合格的资格——凶手巧妙地利用了我们这些演员的心理。"

"别说了！"中西贵子横眉怒目地说，"别说得这么肯定。"

看她怒气冲冲的样子，久我似乎有些畏缩。

"这只是我假设真的发生了命案而做出的分析，不过没有照顾到你们的感受，对不起，我道歉。"

虽然他道了歉，但不代表他的观点被推翻。所有人都像牡蛎般闭着嘴，想要找出不合理的地方。

"很遗憾，"过了一会儿，本多雄一叹着气说，"好像找不到可以反驳你意见的材料。硬要说的话，就是你刚才所说的一切，老师可能也早就料到了。"

"有可能。"

"因为不想丧失资格，就算有所怀疑，我们也不会和任何人联系，没想到凶手连这些也预料到了……"中西贵子皱起眉，用两只拳头捶着太阳穴，"讨厌，等于是原地兜圈子，脑袋都要坏掉了。"

"所以光想没有用。"雨宫京介有点不耐烦地说，然后又看向久我和幸，"我觉得你刚才说得很有道理，即使认为这一切都是凶手的计划，也没有不自然的地方。但你忽略了一个重要的问题。"

"是的。"久我答道，"你发现了吗？"

"就是凶手将我们集中在这里的理由。"

"没错。"久我点头，"这个问题我百思不得其解。"

"这还用说，当然是为了做那种事。"本多的表情似乎在说答案显而易见。

"什么事？"雨宫京介问。

"那就是，"他顿了一下说，"杀人。"

"如果是为了杀人,有什么必要召集所有人?只要设法把温子和由梨江叫出来就可以了。"

"也许凶手觉得很难把两人同时叫出来?"

"是吗?同是剧团的成员,总归可以找到理由吧。而且即使不能同时见到两人也没关系,不,应该说把两人分别叫出来反而更容易得手。"

"我有同感。"久我和幸也说,"如果是无聊的推理小说,就会为了作者的方便,将所有角色集中到一个地方,然后开始杀人。但如果现实中要杀人,而且不想落网,在封闭的空间、有限的人数中行凶,对凶手来说未免太冒险了。"

"嗯……"本多低吟了一声,伸手摸着嘴角,"这么说也对。"

"最重要的是,完全不需要在这里杀人。即使在东京,也有的是人迹稀少的地方。"

听了中西贵子的话,久我和幸也点头赞同。"这也是一个疑问。为什么要找来所有人?为什么选择这里?"

"不,如果要召集所有人,恐怕也只能选择这种地方了。东京很少有这种可以整栋包下来的民宿。"

"或许吧。"

"也可能是相反的情况。"中西贵子眼神飘忽地看着斜下方,"对凶手来说,这个地方是不可替代的。因为无论如何都要在这里杀人,所以只好把所有人都找过来。"

"如果只把想杀的人叫来这里,绝对会引起当事人的怀疑。"本多雄一接着说道,"如果把当时试镜合格的人全部集中到这里,即使我们觉得指定的地点很奇怪,也不会有太多怀疑。事实上,我们也确实都来了。"

"可是杀人还会拘泥于特定的地点吗？"不出意料，又是雨宫京介提出异议。

"或许对凶手来说，这里是留下深刻记忆的地方。"中西贵子表达了女性特有的看法。

"只为了这个理由，就这样大费周章吗？"雨宫京介摇着头，似乎觉得不可能。

"也可能不只是因为有特别的记忆，还有着与杀人相关的重大意义。"这是本多雄一的意见。

"可是，"雨宫环顾四周，"大家都说是第一次来这个地方，以前应该也不会有什么交集。"

"关于这一点，真的没有任何头绪吗？也可能与各位没有直接关系，但与剧团有关，能不能再回想一下？"

应久我和幸的要求，三人都神情凝重地开始思考，努力搜索着记忆。

"不行，还是想不出来。"本多雄一首先放弃，其他两人也跟着摇头。

"别光让我们想，你也想想看啊。"本多雄一对久我和幸说，"当然如果你是凶手，觉得没这个必要，那又另当别论了。"

"我也想过了，但什么都想不出来。我还是第一次来乘鞍。"

"这么说，将所有人集中到这里，还是出于凶手的需要？"中西贵子困惑地歪着头，其他人也都陷入了沉思。

"如果解释不了这个疑问，"雨宫京介双手捧着茶杯，低头看着杯中说，"是否说明并非真的发生了命案？为了杀温子和由梨江，特地制造这样的状况,这种做法简直太疯狂了。我不相信我们当中有这样的人。"

"我也很希望是这样,"本多雄一的语气中透着揶揄雨宫乐观态度的意味,"但我总觉得个中有蹊跷。"

"你想太多了。不会有问题的,这一切都是游戏,是老师安排好的推理剧。"

"如果因为放松了戒备,被凶手乘虚而入怎么办?"中西贵子脸色苍白。

"相信我,大家不都是朋友吗?怎么可能杀人呢?"雨宫京介热切地说,但这句话显然只是出自他强烈的愿望,其他人也无法轻易表示赞同。

"这个疑问也不是没法解释。"

这时,突然从另一个地方传来声音。田所义雄可能是听到了讨论,从交谊厅的长椅上霍然坐起,面向餐厅里的四个人。他刚才枕着手俯卧在长椅上,额头上被手背硌出了红色痕迹。

"什么解释?"贵子扭过身问。

"你们刚才不是在讨论,凶手为什么要将我们集中在这里吗?"

"你可以解释?"本多问。

"可以。很简单,雨宫刚才不是也说了吗?"

所有人的视线都投向雨宫,雨宫自己也是一脸茫然的表情。

看到所有人都沉默不语,田所冷笑道:"已经忘了吗?雨宫刚才说过,凶手不可能只为了杀温子和由梨江而特地制造这样的状况。"

雨宫京介微微一惊,久我和幸点了点头。

田所扬扬自得地接着说："很简单，凶手如此煞费苦心并非只是为了杀温子和由梨江，之所以把我们都叫到这里，是因为要杀掉所有人。除此之外，难道还有别的可能？"

中西贵子深吸一口气，发出"嘘——"的声音。三个男人在田所说到一半时就已明白了他的意思，并没有露出太惊讶的表情。

尴尬的沉默持续着，终于，久我和幸似乎打算发言，但本多雄一抢先说道："即使打算杀掉所有人，但这种做法真的对凶手有利吗？应该还有更好的方法吧？"

"不要只从是否有利来判断，对凶手而言，这可能是穷极之策。"

"什么意思？"

"比如时间限制。如果凶手没有太多时间，就无法逐一把人叫出来杀掉，只有采取把所有人集中起来一次解决的手段。"

"怎么会……"中西贵子露出害怕的表情。让她感到恐惧的田所义雄表情也并不明朗。

"不，我认为凶手并没有打算杀死所有人。"久我和幸发言道。

"为什么？"雨宫京介问。

田所可能做梦也没想到会遭到反驳，面有怒色。

"我不能肯定，不过我觉得凶手应该只打算再杀一个人。"

"再杀一个人？"雨宫讶然，"为什么？"

"因为我们在这里的时间只余下一晚，也就是今晚。第一晚笠原温子小姐被杀，昨晚元村由梨江小姐被杀，凶手都是在夜间行动，可能是因为处理尸体必须避人耳目。我们预定在这里住三晚，这代表凶手的目标是三个人。"

啊！所有人都失声惊呼，这反应就仿佛之前一直没看到的东西突然进入了视野,才发现原来竟然近在眼前。

"也就是说,今晚也会有人被杀?"中西贵子震惊地说。

"我认为概率很高。"

"凶手也可能多留了一天作为机动。"本多雄一说,"因为第一天、第二天的杀人计划未必能顺利完成。"

"有可能,"久我和幸点头,"不过如果是这种情况,凶手既然已经达到目的,也许会发出提前结束日程的指示。"

"原本或许有此打算,不过现在已不存在这种可能性,因为被你说破之后,凶手就不会这样做了。"

"嗯,应该是吧。"久我和幸扫了一眼众人,似乎意识到凶手就在其中。

"总而言之,你的意思是,即使还会出现新的遇害者,凶手也只是今晚再杀一个人,不会杀死所有人?"

"是的。"久我答道。

"应该为只会有一个人被杀而高兴吗?"贵子的声音微微颤抖。

"我再补充一句,"久我说,"从时间上来看,凶手也没有杀死所有人的可能。再过一天我们就将离开这里。"

"还有二十四小时,每六小时杀一个人吗?"本多说出毫无意义的计算,"有难度啊,除非下毒一口气杀死所有人。"

"别乱说,害得我什么都不敢吃了。"中西贵子按着喉咙。

"凶手如果要下毒,早就下了,之前有的是机会。而且用这种方法,也可以同时杀死笠原温子和元村由梨江。"

"是啊,贵子,你不用担心食物的问题。"

"所以我认为,凶手不会杀死所有人。你有不同意见吗?"久我和幸问田所义雄。

田所只是默默地摇摇头，移开了视线。看来凶手要杀所有人的观点被久我推翻，反而让他松了一口气。

"但这仍然解释不了刚才的疑问。"雨宫京介环视众人，"如果凶手的目标是三个人，还是在东京下手更为有利，无法解释为什么要将我们都集中到这里。"

"这可以算是值得感到乐观的一点吗？"

中西贵子一问，所有人都看向久我，看来他已被公认为最能冷静分析状况的人。

"这应该由各位自行判断。在我们看来很不合理的事，说不定对凶手却具有重大意义。对了，说到不合理，我还有一个疑问。"

"什么疑问？"雨宫问。

"四天三晚的时限一到，凶手打算怎么办？我们一离开山庄，就会给东乡老师打电话，整件事是不是游戏立刻见分晓。即使出于某种原因联系不上老师，回到东京后，如果笠原小姐和元村小姐没有回来，我们肯定会感到慌张乃至报警。到时候就会检查那口水井，一旦发现尸体，我们所有人都将成为警方侦查的嫌疑人。凶手会想不到这个问题吗？他不可能目空一切，以为警察锁定不了凶手。那么，他是打算逃走吗？在长相和名字都为人所知的情况下，凶手又能逃到哪里呢？"说到后半段时，久我好像表现出了舞台表演的习惯，语气抑扬顿挫起来。他自己似乎也注意到了，故意咳了一下。

"原来如此，你说得也是。为什么我们之前都没有想到呢？"雨宫京介侧着头说，"也就是所谓的事后处理。既然凶手精心拟订了杀人计划，绝对会考虑到这件事。"

"不是我想重提刚才被否定的意见，"田所义雄煞有介事地说，"如果凶手打算杀死所有人，就可以简单地解释这个问题。"

"喂，老弟，"本多不耐烦地开口，"你总说'杀死所有人''杀死所有人'，你就这么想被杀吗？"

"我只是客观陈述意见，并没有掺杂任何主观意愿。"

"像鹦鹉一样重复同样的话，算什么客观意见。"

"不，本多先生，如果凶手打算杀死所有人，确实可以解释这个问题。"久我说完，望向田所义雄，对他点了点头，催促他说下去。

这个动作看上去很令人不快，田所闪过一抹意外的神色后，才继续说道："没有其他人知道我们来了这里，所以即使所有人都消失，东京的人也一无所知。就算想要寻找，也不知从何找起。"

"然后凶手逃走？"本多雄一问。

"凶手别无选择。如果通过试镜的人中，只有凶手一个人安然无恙，必然会引起怀疑。但只要事先做好准备，就有可能在其他地方悄然度过另一段人生。前不久的报纸上就登过一则新闻，一个男人假冒其他人的身份数十年之久，直到死后和他姘居的女人向政府申请注销户籍时，才发现他的名字和户籍都是假的。"

"也就是说，从此过着见不得光的人生。"中西贵子说出了演歌歌词一样的话。

"不过，问题还是没有彻底解决。"久我和幸说，"如果我们全部下落不明，媒体当然会报道，可能还会公开照片。到那时，凶手还能像中西小姐说的那样，继续隐藏身份，过着见不得光的人生吗？而且这栋民宿的老板也还在啊。"

"啊！"雨宫京介低呼一声，"没错，是叫小田先生吧？他见过我们所有人，手上也有我们的名单，看到电视或报纸后，一定会立刻报警。然后警方就会搜索，找出尸体，发现少了一个人后，自然会认定那个人就是凶手，接着发布通缉令。"

"应该会是这样的发展，难道凶手没有想到那么远？"

"我认为凶手不可能没有想过。"

"更何况，凶手之前拟订的计划如此巧妙。"

中西贵子和本多雄一的声音开始透出活力，因为讨论的结果逐渐向并非真实发生命案的方向倾斜。就连意见再次被否定的田所义雄，也没有露出多少不甘心的表情。

"这次的讨论很有意义。"可能因为结果符合自己的期待，雨宫京介也展开了愁眉，"如果假设眼前的状况不是游戏，而是现实，就会出现这样的重大矛盾，说明这种假设是不成立的。"

一直压抑的气氛有了好转，每个人都露出安心的表情，觉得自己周遭不可能发生杀人这种骇人听闻的事。

这时，中西贵子喃喃地说："凶手该不会早有死志吧？"

"什么？"久我和幸忍不住叫出声，其他人也都看着她。

贵子接着说："如果凶手打算杀完人之后自杀呢？这样一来，就不用考虑以后的事了。"贵子看着久我问。

他似乎一时答不上来，移开了视线。

"而且，如果凶手有心寻死，"她舔了舔嘴唇，继续说道，"比起杂乱不堪的东京，只怕更愿意选择这种风景清幽的地方。如果这个地方还充满了回忆，就更是……"

中西贵子闭上嘴之后，没有一个人说话。

久我和幸的独白

中西贵子的一句话,将此前的讨论全盘推翻。所以说着实不能小看女人的直觉,即使是那么粗枝大叶的女人,十次也有一次会说出可取的见解,而且可取到超乎想象。

我们在沉重的气氛中度过了午餐后的几个小时。大家原本已振作了一些,但贵子的一句话又令我们心情灰暗。凶手可能打算自杀——这完全有可能。可笑的是,贵子竟然没有意识到自己意见的重要性,据她表示,她还以为一说出来就会被我或雨宫驳斥。得知凶手自杀说没有反驳的余地,她比任何人都要消沉。

坦白说,我并没有受到太大打击。没有想到凶手可能会自杀,的确是我的疏忽,但我本就没有乐观到因为存在些许疑点,就认为杀人这种事不可能真实发生。相反,我觉得这些无法解释的疑点令人生寒,而雨宫那样的想法纯粹只是逃避现实。

不过想到他说"大家不都是朋友吗"时的眼神,我又觉得他并非只是逃避现实。身处残酷的处境时,人就会抢着说消极绝望的话,内心却期待着被人否定。田所义雄就是个很好的例子。雨宫可能很了解人性，所以才会积极扮演否定这些言论的角色。

话虽如此，也不意味着雨宫就是清白的。以他的演技，扮演这种角色并非难事。

由于午餐后的讨论无果而终，五个人都没有回到自己的房间，也无法冷静地坐在交谊厅，都是稍微坐一下又起身走来走去。中西贵子的一句话影响如此之深，令每个人都暗自告诫自己，不可以再随便乱讲话。交谊厅里笼罩着令人窒息的沉默。

我坐在地板上，假装在看推理小说，脑海里整理着目前为止发现的情况。

首先是笠原温子之死，耳机线的问题还没有解决。在隔音的游戏室里，照理说没必要戴耳机，但发现尸体时，耳机线却插在插孔里。虽然过后再去看时拔下来了，但再怎么想，那都不可能是我的错觉。

接着是元村由梨江之死。事件本身没有可疑之处，但有件事我一直无法释怀。那天夜里，房间里的台灯不亮了。后来我检查了一下，台灯并没有坏。那么，就只有一种可能，当时停电了。问题在于，停电是偶然发生，还是人为造成的？假设是人为造成的，是谁干的呢？当然是凶手。目的何在呢？应该是因为杀死元村由梨江、或者说假装杀死她时有必要这样做。为什么有必要？既然要杀她，即使被她看到长相也没关系。那么，停电只是偶然？不，我不这么认为。

还有其他无法解释的疑点吗？我再次搜寻记忆，似乎没有什么了。应该说，一切太过不透明，连哪些地方有问题都无法确定。

我正潜心思索着，一旁同样在翻看小说的田所义雄突然问我：

"久我，你为什么要参加我们剧团的试镜？"

他的问题来得突兀，我一时答不上来。

"当然是因为想参演东乡老师的舞台剧。"我无法说出是因为想接近元村由梨江，更何况是在此人面前。

"哦？"田所动了动下巴，似乎有话要说。

"我参加试镜的理由很重要吗？"

"不，谈不上重要。"田所刻意顿了一下，然后直视着我，似乎在观察我的反应，"只是我突然想到，我们当中只有你一个外人。"

"田所，"在餐厅喝着罐装啤酒的本多雄一低声说，"你不要乱讲。"

"你的意思是我很可疑？"我故作轻松地说。

"我没说你可疑，只是我们彼此都很了解，唯独对你一无所知。我就是对这一点很在意。"

"站在我的角度，"我说，"我对你们同样一无所知。"

"这就很难说了。"

"什么意思？"

"你很在意麻仓雅美的事，不是吗？"

"麻仓……噢，她啊。那又怎样？"

"你是不是和她有某种关系？"

听了田所义雄的话，我忍不住愕然。"我之所以在意她，是因为她演技很出色，觉得她试镜落选不可思议。"

"没错没错，就是这件事。"田所不客气地伸手指着我，"她会落选很奇怪——这句话你说过很多次了。事实上你就是在替她说出心声，不是吗？"

137

他的话太荒唐，我不由得笑了。"我和她根本素不相识。"

"谁知道是不是真的。"

"等一下，田所。"不知何时上到二楼的中西贵子在楼梯上说，"你到底想说什么？"

"如果真的发生了命案，就要考虑动机。凶手究竟是基于什么样的理由，要将我们集中到这里，一个一个杀掉我们的同伴呢？意外的是，我很容易就找到了答案，是试镜。有人痛恨我们这些通过试镜的人。"

"你的脑袋是不是出问题了？久我为什么要因为这件事怀恨在心？"

"不，没关系。我知道田所先生想说什么。"我伸手制止了中西贵子，然后直视着田所义雄的眼睛。"你想说的是，我和麻仓小姐之间有某种关系，而且是相当亲密的关系。麻仓小姐因为试镜落选而自杀，最后不幸导致半身不遂。我对试镜的评审结果心怀不满，为了替她复仇，计划杀死所有通过试镜的人——是这样吧？"

"即使你主动说了出来，也不能因此减轻你的嫌疑。"

"是啊。但如果是这样的动机，我接下来就要杀死所有人吗？"

"不，"田所摇了摇头，"你刚才也说过，已经没有足够的时间了。依我看，在杀死温子和由梨江后，你的复仇就已结束。"

"为什么？"

"因为麻仓雅美最痛恨的就是她们两人。她一定认为凭自己的演技明明稳操胜券，却被她们利用不正当手段淘汰出局。"

"不正当手段？"

"温子是老师的情人，由梨江家资雄厚。"

"原来如此。"我不由得说，原来还可以从这个角度看问题。

"怎么样，你打算说实话了吗？"

"不是我。"我温和地否定，摇了摇头，"不过我觉得你的看法很有道理，这一怀疑也同样适用于除我之外的人。"

"不可能。我一开始就说过了，我对其他人都有一定程度的了解，没有人和麻仓雅美关系亲密到会替她复仇，所以只剩下你一个人。"

"这样啊……"原来是这样的逻辑推理。我本以为他只会歇斯底里地叫喊，没想到他的质疑颇为合理。幸好其他三个人还没怎么当回事，但他循着这一思路来咄咄相逼，的确让我有些措手不及。

"你无话可说了吗？"田所义雄眼里露出阴险之色。

我思考着该怎样解释才能最有效地打消他的妄想。最简单的办法莫过于公开不在场证明，但我已经答应本多雄一暂时保密。

"啊，对了！"中西贵子突然大叫起来。

我吓了一跳，抬头看着她。"怎么啦？"

"我想起来了。就在雅美滑雪受重伤前不久，温子和由梨江去过她家。"

"她家？飞驒高山吗？"本多雄一问。

"是的。我想她们是为了试镜落选的事去安慰雅美，之后雅美就出事了。"

"只有温子她们两人去吗？"

"那就不知道了，不过她们说过要开车去。"

"开车？"本多雄一瞪大了眼睛，"她们俩都没有驾照。"

"那么，或许还有一个人一起去？"

"是不是你？"田所义雄又瞪着我，似乎什么事都想赖到我头上。

"不是。顺便说一句，我也不是凶手。"

"你能证明吗？"

"证明啊……"我正迟疑着要不要说出不在场证明，就看到雨宫京介站起身来。

"等一下，"他说，所有人的视线都集中到他身上，"陪温子和由梨江去雅美老家的人……是我。"

5

交谊厅，下午五点。

"不过，我认为那件事和我们目前面临的状况没有任何关系，就是想扯也扯不上关系。"

"但能否说明一下当时的情况？"说话的是遭到田所义雄怀疑、难以自证清白的久我和幸，"我觉得田所先生的推理思路很正确，如果确实存在凶手，将我们集中到这里的意图应该与试镜结果有关。麻仓雅美小姐可能对笠原小姐和元村小姐深恶痛绝，必欲杀之而后快。不过，我对麻仓雅美小姐没有任何了解，这只是我的想象。"

"她的确有偏执的一面。"中西贵子站在楼梯上说。

"还有一件事，我以前就很挂心。"久我补充道，"飞驒高山离这里并不远，不过一小时左右车程，这只是偶然吗？"

"咦，那么近？"

"对。办公室的墙上贴了地图，你们可以去看。"

"确实不远。"本多雄一抱起双臂，看着雨宫京介说，"这样一来，恐怕不能断言麻仓雅美与这件事无关。"

"无聊，"雨宫不屑地说，"你们没问题吧？未免想太多了。"

"我也不认为是偶然。"田所义雄也说，"去见她的三个人中，有两个人被杀——这是不容忽略的事实。"

"说出来吧，雨宫。"本多也说。

"既然说到这个份儿上，没办法，我就告诉你们当时的情况。"在众人的注视下，雨宫缓缓走到中央，"正如你们所说，雅美因为试镜的事很受打击，大概她本以为自己不会落选。她失望地回了老家，但并不是为了调整心情，而是决心放弃演艺事业。温子和由梨江得知后，决定去飞驒高山劝她改变心意，但觉得只凭她们两人不一定能说服她，于是邀我同往。我想她们真正的目的是要找一个会开车的人。我们向由梨江的哥哥借了辆四轮驱动车，因为那种车走山路性能强悍。"

"那是什么时候的事？"久我和幸问。

"上个月十号。"

"那是试镜后不久。而且，"本多雄一低声说，"就是雅美自杀未遂的那一天。"

雨宫京介神情沉重地点了点头。"不过，我认为只是巧合。"

"这且不提，然后呢？你们见到雅美了吗？"本多问。

"没有立刻见到。她母亲很高兴地欢迎我们，但雅美一直躲在自己房间里不出来。她们母女争执的声音，我们坐在客厅都听得到。我们耐心等了很久，她终于下了楼，第一句话就问'你们来干什么'。"

"她听从你们的劝说了吗？应该不可能吧。"本多雄一问。

雨宫无力地摇了摇头。"我们用了各种方法，从各种角度来劝说，告诉她因为一次试镜落选就放弃演戏太傻了，一路打拼到今天，就该让努力收获成果，我们也会帮助她。但她始终没有改变心意，我们越是拼命说服，她的态度就越是强硬，最后我们只好放弃，决定回家。离开前还对她说，只要她改变心意，随时欢迎她回剧团。"

"然后呢？"久我和幸问。

雨宫微微摊开手。"没有然后了。这就是全部经过。之后我没再见过她，也没有打过电话。得知她滑雪受了重伤时，我本打算去医院看望，但她母亲请我们不要过去，因为她只要听到剧团成员的名字，情绪就会异常激动，不利于伤势恢复。"

"原来如此，这样我就明白麻仓雅美自杀的原因了。"田所义雄说，"她试镜落选，本就已经心绪灰暗，此时通过试镜的竞争对手来安慰她，其中还包括她认为以不正当手段通过试镜的两个人。只要稍微一想，就知道这对她而言是何等的屈辱，由此更加深了绝望感，终于冲动自杀。应该就是这么回事吧。"

"我们跟雅美说话时，特别注意遣词用句和态度，尽量避免同情的语气。我们不会不知道这个问题。"

"再怎么小心，"本多雄一说，"也有可能伤害到雅美。"

"有时一句无心的话，却令听的人很受伤，这是常有的事。"中西贵子也深有感触地说。

"等一下，你们的意思是，雅美自杀是我们害的？"

"其实你们还不如不去看她，"田所义雄说，"至少不要试镜刚结束就去。由梨江不可能做这么没脑子的事，多半是温子硬拉她去的。"

"那么我们应该置之不理吗？"雨宫京介瞪着田所说，"一起奋斗的同伴要放弃演戏，我们就这样一言不发，只当没看见吗？"

"我是说，做事要讲究时机。"田所也瞪着他。

"好了，先等一下，"本多插嘴道，"我想知道雅美当时的表现。"

"雅美的表现？"雨宫惊讶地眯起眼。

"你们离开时她的反应，比如深受打击或是生气之类的。"

"心情算不上好，不过我觉得并没有因为和我们见面而愈发消沉，或是格外激起怒火。"

"或许只是你们没有注意到。"

听了田所义雄的话，雨宫咬着嘴唇。"至少没有想自杀的样子，这一点我还看得出来。"

"但是你们离开后，她就自杀了，这是不可否认的事实。"

"所以，"雨宫神色黯然地望向本多，"我认为只是巧合。也可能她已决心一死，正好我们登门造访，使得她情绪更加激动，于是付诸行动。但我们就该为此受到指责吗？"

似乎没有人可以下结论，所有人都暂时闭上了嘴。

"麻仓雅美小姐的母亲是怎样形容她当天的情况的？"久我和幸看着雨宫和田所问，回答的是雨宫。

"说她和平时没有什么不同，突然带着滑雪用具出门，也只当她是和当地的朋友约好了。她母亲觉得去散散心也好，没想到过了一会儿，医院就打来电话，告知雅美在禁止滑降区域滑雪，坠下悬崖，是滑雪场的巡逻员发现了她。"

"她自己并没有承认是自杀？"

"我没有和她当面谈过，不知道详细情形，不过没听说她承认是自杀。"

"就是自杀。"田所义雄说,"从状况来看,显然是自杀。"

"这样看来,雨宫先生他们的来访果然是导火索?"久我和幸说。

"你的意思是,这都是我们的错?"

"我没有这么说。"

"如果你们没去,她也许不会自杀。"田所仍然在纠缠这个问题。

"不过,是否只有雨宫他们有嫌疑,也值得探讨,"本多雄一看着天花板说,"因为雅美的母亲说了件很奇怪的事。"

"雅美的母亲?本多,你去过她家吗?"中西贵子问。

"她受伤后不久,她母亲曾来过剧团,当时我正好在场,就聊了几句。据她母亲说,雅美离家前接到过一个电话。"

"电话?谁打来的?"田所义雄问。

"不知道。是雅美接的电话,只讲了短短几句话。挂上电话后,她就像突然想起似的说要去滑雪,径直出了门。所以她母亲以为是老同学约她去滑雪,但事实似乎并非如此。她在当地的朋友后来几乎都去看望过她,没有人约她去滑雪,也没有人给她打过电话。"

"这件事的确令人在意。"久我说。

"对吧?不排除和她自杀有关系,所以她母亲也很在意。"

"究竟是谁打的电话?在电话里又说了些什么呢?"中西贵子双手捧着脸颊,晃动着身体,"什么样的电话可以把人逼到自杀?"

"雨宫,你有头绪吗?"

田所义雄目光锐利地瞥了一眼雨宫,雨宫京介慌忙摇头。"没有,我一无所知。说到电话……她接到电话时,我们还在开往东

145

京的车上。"

"随便找个地方都可以打电话的。"

听了本多雄一的话,雨宫咬着嘴唇,却没有反驳。

"虽然不知道导致麻仓雅美自杀的直接原因,"田所义雄开口道,"但应该和眼下这里发生的事有关系。自杀未遂导致她遭遇半身不遂的不幸,所以,她完全有可能想要杀了害她自杀的人。除了她以外,没人有杀害温子和由梨江的动机。不,"他看着久我和幸继续说,"应该说,除了她和她的共犯以外。"

"你还在怀疑我吗?"久我和幸无奈地做出举手投降的动作。

"这纯属牵强附会,"雨宫京介愤然说道,"温子和由梨江被杀,不,被选中演被杀的角色并没有深意,只是巧合而已。全部都是演戏,是游戏。这里离飞驒高山很近也只是常见的巧合,你们想想看,日本有这种民宿的地方很有限,不是吗?"

虽然雨宫极力强调,但他透着歇斯底里的语气不仅没有让其他人安心,反而令气氛愈显紧张。

一直瞪着久我和幸的田所义雄将目光移向其他三人,然后充满戒备地步步后退,在他专用的长椅上坐下。"老实说,"他说,"我并不抱太大期待。我认为我们现在面临的状况就是现实,不是演戏,也不是游戏。你们当中有人是凶手。"

可能是被他的话感染,中西贵子也向后退去,胆怯的眼神频频看向四个男人。

"凶手要为麻仓雅美报仇。"田所义雄重复了一遍刚才对久我和幸说的话,"所以,凶手和她关系密切,很可能是男朋友,也就是说凶手是个男人。依我的推理,最可疑的是你,久我。其次是本多，最后是雨宫。但我想应该不是雨宫，因为他喜欢由梨江。还有一件很重要的事，凶手下一个目标也许就是雨宫。"

"为什么？"中西贵子瞪圆了双眼。

"如果雨宫他们去见麻仓雅美是她自杀的原因，那么在温子和由梨江之后，自然就轮到雨宫了。"

"无聊，"雨宫京介扭过脸，"我才不信。"

"你是不想相信吧？但愿你明天早上还可以这么嘴硬。"

"且不管你的推理是否正确，"久我和幸插嘴说，"怀疑我和本多先生是最愚蠢的事，因为……"

"啊，等一下。"本多雄一打断了久我和幸的话，"你刚才那番推理很有意思，不过老弟，你打算怎样查明真相呢？如果只是瞎猜，我也可以啊。"

"无法查明真相也没关系，"田所义雄答道，"我认为这不是游戏，而是真实发生的事件，所以对我来说，最重要的是怎样挨到时限。比起完全不知道谁是凶手，在某种程度上缩小怀疑范围，应对起来会更容易。"

"原来是这样。你会这样讲，可见你虽然对雨宫说了那些话，其实还是很害怕下一个被杀的是自己。"

可能是被说中了心事，田所义雄悻悻地噘起嘴。

"事情就是这样，他刚才那些话只是说来宽慰自己。"本多对久我和幸说，"你不用放在心上，我们也可以当他是凶手。"

"我和麻仓雅美没有任何关系。"

"这种事只有自己知道。"本多一口气喝完已经变得温吞的罐装啤酒。

久我和幸的独白

有件事让我无法释怀。是我想太多了吗？不可否认，在那样的氛围下，我变得有些神经过敏。

因为田所义雄提到麻仓雅美，事态发生了一些变化。虽然经过一番讨论，又回到原来的胶着状态，但每个人心里想的事应该都和以前不同了。

雨宫和笠原温子、元村由梨江一同去见麻仓雅美一事，十分耐人寻味。也许正如田所所说，由此埋下了杀人动机。但这样一来，雨宫就不可能是凶手。本多雄一也有不在场证明，这件事我最清楚不过。那么，凶手就是田所义雄或中西贵子。可是两个人都不太像，其中可能存在盲点。

我去了一趟厕所，回交谊厅途中向办公室一瞥，发现贵子正茫然眺望着窗外的景色，于是走了进去。"你在看什么？"

"啊？没什么，只是情不自禁地怀念起窗外的世界。"

"交谊厅也有窗户啊。"

"那里不行，感觉透不过气。"

的确如此,我点了点头。

"真希望快点到明天,"她说,"然后发现一切都是东乡老师的恶作剧。"

"是啊。"

贵子凝视着窗外的暮色,我观察着她的侧脸。脸形椭圆,晒得很黑,下巴上略有赘肉,脸部轮廓不算精致,眼睛也和元村由梨江相反,很圆,眼尾略微下垂。这样一张脸,怎么看都不像杀人凶手。

"中西小姐,"我说,"你认为谁可疑?"

她转向我,微微低着头,抬眼看向我。"每个人都可疑,但我相信大家,希望这只是一场噩梦。"

"这样啊。"

"而且,"她说,"如果认定了某个人是凶手,最后发现其实不是他,一定很受刺激。"

"说得也是。"

"我现在一心在等待时间过去。"中西贵子起身离开,又在门口回过头,"久我先生,你不是凶手吧?"

"不是。"我坚定地说。

她向我一笑。"真开心。"然后走了出去。

我跟着她走出办公室,就在这一瞬间,我的脑海中突然一片空白。贵子的话又一次响起:如果认定了某个人是凶手,最后发现其实不是他——

我有种拨云见日的感觉,与此同时,心头浮现一个想法。

我回到交谊厅。其他人依然是心浮气躁的模样,有的在看书,有的躺着发呆。我在餐厅角落的桌子旁坐下,继续深入思考刚才的想法。

时间在流逝。

感觉到周遭有动静,我抬头一看,雨宫、田所和中西贵子三人陆续走向厨房。已经到了晚餐的时间吗?我有些愕然地看向时钟。自从我们来到这里,到底做了些什么?惊讶,一筹莫展,还有吃饭,周而复始。

"这么长时间,你在想什么?"还在交谊厅的本多雄一问我。

"漫无边际地瞎想。我试着推理这次的事件,但还是想不出所以然。"我来到交谊厅,坐在本多旁边。推理没有收获是事实,虽然刚才脑中灵光一闪,但反复推敲,依然毫无进展。

"不用着急,反正到了明天就真相大白了。"

真的是这样吗?我心想。只要到了明天,就一定会有答案吗?

"对了,我有件事想问你。"

"什么事?"

"那件事还要保密吗?"我指的是不在场证明。

本多雄一也立刻会意。"好,关于那件事,"他用拇指指了指楼上,站起身,"到我房间去谈。"

"好啊。"

到了他的房间,我们分别坐在两张床上。

"你是想说出不在场证明的事吧?"他笑嘻嘻地说,"因为田所说了些不恰当的话。"

"那也是原因之一,另外我也觉得到了该公开的时候了。"

"我明白你想说什么。不过你想一下,如果告诉他们我们两人有不在场证明，事情可能会变得相当棘手。"

"他们自然会大为恐慌，但我觉得那也无妨。"我认为那样更能尽快揭露真相。

"如果只是这样倒还好。"本多雄一眼神变得严肃，"现在这里有五个人，除了我们两人，还有三个人。"

这是不言自明的事，我点了点头。

"但你刚才说过，凶手有可能再杀一个人。"

"对。"

"如果第三名遇害者也在那三人当中，就只剩下两人。到那时，当事人就会知道谁是凶手。"

"这是必然的。"

"凶手当然不希望出现这种情况，他不会眼睁睁看着自己的身份曝光。"

"如果一切就此结束……也就是像中西小姐说的那样，凶手打算一死了之，也没关系啊。"

"那只是个比方，说不定凶手还想活着逃走呢？"本多雄一低声说，"若是凶手有此打算，就会在谁都不知道凶手身份时离开。"

"所以？"

"倘若我们公开了不在场证明，搞不好凶手会狗急跳墙。"

"比如说？"

"杀死所有人。"说完，本多做了一个吃干抹净的动作。

"原来如此。"我思忖片刻答道，"的确有可能。"

"对吧？"

"现在公开不在场证明，确实弊远大于利。我明白了，那就再保密一段时间。"

"我觉得这样比较好。不用理会田所说的话，那只是他的胡思乱想，说不定他就是凶手。"本多说完，站了起来。

"有可能。"我也走向门口。

"还有，出了房间严禁再提这件事，因为隔墙有耳。"本多半开玩笑地说。

6

餐厅，晚上七点。

"今天的晚餐可真豪华。"本多雄一落座后，看着桌上说道。

"炖牛肉是方便食品，腌渍鱼肉是罐头，其他几乎都是冷冻食品。"中西贵子将盘子摆上餐桌，冷冷地说。

"简直是应急食品的盛会。"

"因为现在就是紧急时期啊。"

"而且，"田所义雄补充道，"这些食物很难有机会下毒。"

"够了，"中西贵子握着拳头站在原地，"不要乱讲。"

"好吧，不过我下厨时你们可以放心。"田所别有深意地说完，坐到椅子上。

"不用在意。"本多对久我和幸说，"他只是因为由梨江不在，心情有些焦躁。"

雨宫京介也从厨房出来了。"冰箱里的东西基本见底了，现在只剩下牛奶，咖啡也没了。"

"是吗？那明天的早餐决定了，吐司加牛奶。"本多雄一开玩笑似的宣布。

晚餐开始了。

起初没有人说话，不是没有话题，而是每个人都在等别人先说，似乎谁也不想先开口。最受不了这种沉闷气氛的就是中西贵子，果然是她第一个说话了。"你们说，雅美有没有男朋友？"

其他人似乎都吃了一惊，最先恢复冷静的田所义雄答道："我推测是有，而且就在我们当中。"说着，他瞥了久我和幸一眼，久我没有理会。

"我完全无从猜测。"雨宫京介说，"她不是把全部心力都投入到表演上了吗？感觉根本没心思谈恋爱。"

"没错，她比任何人都热爱学习，对表演也有深入的研究。"

"听说她原本要去伦敦留学。"

听了久我和幸的话，其他几个人倒吸一口气。

"是哦，我都忘了这件事。"田所义雄看着雨宫，"因为她受了伤，你才有机会去留学。如果她知道了这件事，只怕会更加恨你。"

"可是，当时她已经决心放弃演戏，无论后来选谁去留学，都已无关紧要了吧。"

"人性的复杂，就在于无法轻易割舍。"

"无聊。"雨宫将炖牛肉送进嘴里，冷冷地抛出一句。

气氛变得很尴尬，一时冷了场。

"我吃饱了。"久我早早站了起来。

"我刚刚想起来了。"中西贵子窥探着众人的反应，开口说道，"去年圣诞节，我看到雅美在更衣室打开一个包裹，八成是有人送她的礼物。"

"送礼物的未必就是男朋友啊。"本多笑道。

"我觉得那是男朋友送的。因为她第二天就戴了一条很漂亮的项链，应该就是收到的圣诞礼物。"

"谁知道，说不定是她自己买的。"

"是吗？"

"是不是都不重要，"雨宫京介不快地插嘴说，"为什么一直聊雅美的事？这一切不见得和她有关系。"

"但也不一定和她无关。"田所义雄反驳道。

"而且，聊什么话题是我们的自由——喂，久我，你在干什么？"本多站起来，向交谊厅张望，只见久我和幸时而躺到地板上，时而弯曲身体。

"你也看到了，我在做体操。身体都僵掉了。"

"我也得做……"中西贵子捏了捏腋下的肉，小声嘀咕。

"总觉得有些心浮气躁。"本多不时瞥一眼久我，不耐烦地说。

所有人用完晚餐后，久我和幸还在做体操。不知何时中西贵子也加入进来，两人甚至开始做起类似瑜伽和锻炼腹肌的运动。可能是活动身体缓解了精神上的痛苦，贵子恢复了平常的叽叽喳喳，一扫今天早晨以来的沉闷气氛。

"你们够了，别做了！"一如往常坐在长椅上看书的田所义雄，忍无可忍地提出抗议，"你们神经到底有多粗？都这时候了，还有心思做这个。"

"哎呀，可是——"中西贵子想要反驳，但似乎找不到合适的话，泛着红晕的脸看向久我，向他求助。

"不，我们确实做得过分了。"久我很干脆地罢手，"那就到此为止吧。"

"是吗？我觉得还不太够。不过算了，反正也出汗了，我去换衣服。"

"我也去。"

目送两人上楼后，田所义雄走到正在餐厅餐桌旁喝兑水酒的本多雄一身旁。雨宫京介去洗澡了。

"总觉得那个男人看不顺眼，"田所说，"根本不知道他在想什么。"

"他很聪明，这是可以肯定的。"

"他果然很可疑。"

"你真的认为他和麻仓雅美有关系？"

"嗯，没错。"

"是吗？你要不要来一杯？"

"不用了。"田所义雄往后退，"你也有嫌疑。"

"也对。"本多雄一喝了一口酒。

晚上十一点多，田所义雄把所有人集合到交谊厅，提出独自睡觉很危险。"我认为大家都应该睡在这里，只要把毛毯从房间拿过来就好。"

"我也赞成老弟的意见。雨宫，你也不会反对吧？因为按照田所的说法，凶手的下一个目标就是你。"

"我一点都不相信这种事，不过我当然赞成，而且觉得正应该这样做。"

"你呢？"田所问久我和幸，"你有什么不方便吗？"

"不，没有。"久我干脆利落地回答。

"那我怎么办呢……"

中西贵子露出犹豫的表情，几个男人互相看了一眼。

"贵子，你就不用了。"雨宫说，"你在自己房间睡吧。"

"是啊，如果你睡相不好，我们也睡不安稳。"

"你只要锁上房门就好，再说，如果有人想溜进你房间，我们也会马上发现。"

"说得也是，那我就回房间去睡。我先走啦。"说完，她走向自己的房间。

几个男人各自从房间拿来枕头和毛毯，在交谊厅随便找个地方睡下。只有久我和幸没有立刻躺下，他从房间拿来台灯，在餐厅的餐桌前写东西。

"你在写什么？"睡得最靠近餐厅的雨宫京介坐起身问。

"啊，对不起，灯光太刺眼了吗？"

"那倒没事……你在写信吗？"

"嗯，算是吧。"他合起摊开的信纸。

"原来是写信啊。仔细想想，这次的事就是源于东乡老师的那封信。"

"不，是更早之前。"田所义雄突然插嘴说，"是从试镜开始的。"

"也对。"雨宫京介似乎不想再聊这个话题，盖上毛毯，"那就晚安了。"

"晚安。"久我说。

过了一会儿，二楼最边上的门开了，中西贵子走了出来。她应该是想去厕所，沿着走廊前行时，低头看了看交谊厅和餐厅。看到久我和幸还没睡，她停下了脚步。"你在用功吗？"

突然从头顶上传来声音,久我似乎吓了一跳,全身抖了一下。"哦,不是,没什么。"

"你好像在画画,画什么啊?"

久我不知道贵子的视力这么好,慌忙遮住桌上的信纸。"没什么啦。中西小姐,你还没休息吗?"

"我临睡前喝太多果汁了。"她吐了吐舌头,走向盥洗室。

"你在画画?"贵子的身影消失后不久,传来本多雄一的声音,"你不是在写信吗?"

"随手涂鸦而已。"说完,久我撕下那一页,揉成一团,塞进口袋。

第四天

久我和幸的独白

　　一夜没睡好，天就亮了。其他三人看来也一样，我刚坐起来，他们的毛毯下也都有了动静。
　　"现在几点？"本多雄一睡眼惺忪地探头问道。
　　"……六点半。"我揉了揉蒙眬的眼睛，看了眼手表回答。
　　"是吗？差不多也该起床了。"本多坐了起来，打了个哈欠，又用力伸了个懒腰，"看样子所有男人都在这里。"
　　"是啊。"
　　雨宫京介、田所义雄都和睡觉前一样，躺在我们旁边，也都睁开了眼。
　　"现在就差贵子了。"本多雄一说着，看向楼上。
　　"时间有点早，不过还是去敲门看看吧。"我认为贵子百分之九十九会平安无事，但还是上了楼。这是我昨晚思考一整晚得出的结论。
　　来到门前，我敲了敲门。"中西小姐，中西贵子小姐，你起来了吗？"

没有人回答。我加大了敲门的力度。"中西小姐！"

其他三个男人也冲上了楼梯。

"出事了吗？"雨宫京介问。

"门有没有上锁？"田所义雄问。

我握住门把手往右一拧，门没有锁，一下子就开了。

房间里弥漫着化妆品的味道，床上没有中西贵子的身影，毛毯翻卷着，路易威登的包也敞着口，原本放在里面的衣服和随身用品摊了一地。

中西贵子被杀了吗？

虽然觉得不可能，我还是扫视四周，看是否有凶手留下的纸条。

这时，背后传来了响彻整个山庄的尖叫："喂，你们在干什么？"

我吃惊地循声望去，只见中西贵子穿着睡衣，头发凌乱，沿着走廊跑了过来。

"啊……她还活着。"田所义雄喃喃道。

"真没礼貌，擅自偷看女士的房间。"

中西贵子推开我们，跑进房间，关上门的同时，夸张地扮了个鬼脸。我们面面相觑，只好微微苦笑。

早餐又轮到我和本多雄一准备，正如昨晚的预告，是吐司加牛奶，以及速食汤。

"虽然发生了很多事，不过终于要结束了。"本多雄一说。

"是啊。"我应了一声，心里却想，一切还未可知，离开这里以后才见分晓。

"到最后还是一头雾水。"他叹了口气，我没有作声。

所有人都坐在餐桌前吃最后一顿早餐。本多当着大家的面，把速食汤料放进杯子，然后倒上开水，分发给每个人。大家的表情感觉比昨晚开朗，应该是觉得很快就可以解脱了。

"刚才很对不起。"我向坐在旁边的中西贵子道歉。

"哎呀，"她扭过身看着我，"你没看到什么不该看的东西吧？"

"我没注意。"

"那就好。"贵子也恢复了前天的表情。她气色很好，也精心化了妆，再度散发出令人意乱神迷的魅力。用不了多久，她一定可以成为广受欢迎的演员。

"我们几点离开这里？"田所义雄啃着吐司问大家。

"退房时间写的是十点。"

"那就十点离开吧。"

雨宫京介说，所有人不约而同地看向时钟，现在是七点半。

一阵沉默，每个人似乎都在想心事。

中西贵子突然说："感觉好累。"

"是啊。"

"好想去迪厅尽情跳一场。久我，你会跳吗？应该会吧？"

"我不常去，不过随时可以奉陪。"

"真的吗？我要去，我要去。"

"听说和贵子去会很累，"田所义雄插嘴说，"因为她会跳到内裤全露出来。"

"真的吗？"我瞪大了眼睛。

"太夸张了，只不过稍微露一下而已，因为穿着长裙不好跳啊。"

"真棒！"本多雄一说，"你们去的时候要叫上我，我会带上相机，我站到你面前时，你就把腿抬高。"

"白痴，我又不是啦啦队女孩。"

我们围绕着中西贵子聊得很热闹，每个人都在刻意避免提及这次的事情。

早餐就这样结束。正在收拾的时候，我突然觉得头晕，连打了几个哈欠。

"见鬼，好想睡觉。"本多雄一也在一旁嘀咕。

回到交谊厅，我发现中西贵子已经躺下睡着了。田所义雄和雨宫京介也都眼皮发沉，一脸困倦。

"喂，怎么回事，吃完饭就犯困吗？"本多雄一刚问完，自己也躺了下来。

我也感觉到强烈的睡意来袭，心知情况有异，急忙环顾四周，看到取暖器旁掉了两根火柴棒，马上拾了起来，摇摇晃晃地在其他人之间徘徊，终于认命倒地。

1

交谊厅,上午八点二十分。

看来所有人都睡着了。

但事实并非如此。证据就是,不久,有一个人坐了起来。

这个人扫视着众人,确认没有人醒来后,缓缓站了起来,走到躺在不远处的雨宫京介身旁。

这个人仔细观察着雨宫,想要确定他是否真的在熟睡。

雨宫京介似乎确实睡着了。

这个人伸出双手,环住他的脖颈,却没有立刻用力,而是维持这个姿势不动,仿佛在等待着什么,过了将近二十秒,才缓缓借助身体的重量加大力道。

雨宫京介的手脚突然动了起来,扭着身体试图逃脱,但凶手跨坐在他身上,阻止了他的抵抗。雨宫双手向着空中乱抓,但很快手脚都开始痉挛。然后,他就一动不动了。

凶手继续维持这个姿势。

终于站起来时,凶手抓着雨宫京介的双脚,和杀死笠原温子、元村由梨江后一样,开始拖拽尸体。雨宫的身体比之前两名女子重得多,但凶手仍然拖着尸体从交谊厅穿过餐厅,走向厨房。

约十分钟后,凶手处理好尸体返回交谊厅,手上拿着一张纸,放在雨宫京介刚才睡过的地方,然后来到音响前摆弄起来。完成后,这个人躺回原来的位置。

2

交谊厅,上午十点。

音响突然打开,震耳欲聋的摇滚乐响彻交谊厅。熟睡的众人开始有了动作。最早醒来的是久我和幸,他坐起身,四下张望。

"嗯,这什么声音嘛,吵死了!"中西贵子捂着耳朵。

久我和幸摇摇晃晃地走到音响旁,关掉了电源。"好像设置了定时播放。"他说。

"到底是谁干的?"说完,本多雄一环顾四周。

"刚才怎么会睡着了呢?"田所义雄揉着脸说,"突然间就很想睡,现在脑袋还昏昏沉沉的。"

"我也是。"

"咦,雨宫呢?"本多雄一一问,所有人都僵住了。

久我和幸捡起掉落在地上的纸条。"糟了,"他小声说,"雨宫出事了。"

"什么?"本多雄一站起身,冲了过来,田所义雄紧随其后,只有贵子呆呆地坐在原地。

"尸体状况，雨宫京介被人掐死——上面就写了这一句话。"

田所义雄从久我手上抢过纸条。"啊，这次果然是雨宫。我猜得没错，凶手是在为麻仓雅美复仇。"他后退一步，来回瞪着久我和幸和本多雄一。"快老实说，到底是谁？我知道你们当中有一个是凶手，因为你们负责今天的早餐，一定是在牛奶或其他食物里下了安眠药，让大家睡着，趁机杀了雨宫。"

"喂，等一下。昨天晚餐时就说过，今天早餐要喝剩下的牛奶，所以谁都有机会掺入安眠药。更何况，我也喝了牛奶啊。"本多雄一说，"所有人都有嫌疑。"

"我受够了！我要回家！"中西贵子站了起来，冲上楼梯，一走进自己房间，立刻砰地关上门。

"确实，现在已经可以离开了。"田所义雄说，"好，我们离开这里，让真相水落石出。"

"好。"本多雄一说，久我和幸也点了点头。

三个人上了二楼，消失在各自的房间里。

约三十分钟后，四个人再次在交谊厅集合。可能是行李收拾得太仓促了，中西贵子手上还拿着塞不进包里的衣服。

"温子和由梨江的行李怎么办？"她问。

"先放在这里吧。"本多雄一答道，"不管是真的发生了命案，还是只是演戏，这样都比较好。"

"如果这是真的，"田所义雄瞪着本多和久我说，"我绝不会原谅凶手。"

"反正迟早都会真相大白。"本多说，"好了，走吧。"

"不用通知小田先生吗？"

"照理应该通知一下，不过还是到了外面再打电话吧，我不希望在最后一刻丧失资格。"

本多雄一率先迈步，田所义雄和中西贵子紧随其后，但就在三人走出交谊厅时，久我和幸开口了。"请等一下。"

三个人停下脚步，回过头。

久我向他们说："一切都到此结束了吧？"

"什么意思？"田所义雄问。

"我在问凶手，已经没有要做的事了吧？就此落幕了？"

"久我，你在问谁？"

中西贵子避开了久我的视线，田所也同样如此。但久我的视线依然不变，直视着本多雄一。

本多撇了撇嘴，笑了。"玩笑开得太过火了吧？"

"你心里最清楚，我不是在开玩笑。我再问一遍，你要做的事都已完成了吗？"

"喂，"本多的表情变得严肃，"我会生气哦。"

"你不妨听我把话说完再生气。"说完，久我和幸看着贵子和田所，"我会说明一切。对不起，可不可以去一趟游戏室？"

"游戏室？"田所讶然，"为什么去那里？"

"因为那里最方便说明。"

"哦，真是搞不懂。"中西贵子首先放下行李，走向楼梯。

田所义雄跟在她身后，但他在上楼前回过头。"本多，你怎么了？快来呀。"

本多雄一皱着眉头。

"快点。"久我和幸也说。

"等一下，"本多说，"你似乎有什么误会，我们何不先单独谈谈？"

"不，"久我摇了摇头，"那样太卑鄙了。"

本多一时答不上来，咬着嘴唇，默默走上楼梯。

确认所有人都上了二楼后，久我和幸走到交谊厅和餐厅交界处的架子前，蹲了下来。"到尾声了。"他说。

3

游戏室。

中西贵子坐在钢琴前的椅子上,田所义雄坐在台球桌的边缘,本多雄一靠在门口附近的墙上。贵子和田所似乎想问本多什么,但他一脸怏怏,完全没有想搭话的意思。

过了片刻,久我和幸进来了。

"好了,有话快说。"田所义雄迫不及待地说。

"当然,我不会吊你们胃口,请先看一下这个。"久我和幸摊开左手。

"这不是用过的火柴棒吗?"田所说,"它怎么了?"

"这就是证据。"久我和幸将两根火柴棒放在台球桌上,回头看着本多雄一,"刚才睡意来袭时,我立刻意识到这是凶手做的手脚,想要让所有人昏睡,犯下第三桩命案。所以我在睡着前,做了一件事,不过也没什么大不了的。我摇摇晃晃地走到中西小姐和田所先生身边。"

"走到我们身边?"

"干什么？"

"我说过，没什么大不了的，只是将火柴棒偷偷放在你们身上。一根放在中西小姐的头上，另一根放在田所先生的肩膀上。"

"有什么目的？"

"为了锁定凶手。一旦起身，火柴棒就会掉落，所以如果你们两人当中有人是凶手，我在醒来时就会知道。当然，这并不是很可靠的方法，因为火柴棒也可能在翻身时掉落。"久我和幸顿了顿，"但是，刚才被音响的声音吵醒时，我第一反应就是看了火柴棒，你们两人的睡相都很好，火柴棒依然放在原来的位置。所以，你们两人不是凶手。"

"这样一来……"中西贵子看着本多，田所义雄也一样。

"不一定就是我啊。"本多雄一无力地说，"也可能是你。"

久我和幸缓缓摇头。"算了吧，不要再做无谓的抵抗。从我知道真相的那一刻起，一切都结束了。"

"本多，你真的是凶手吗？"田所义雄的太阳穴微微颤抖。

本多雄一没有回答，始终低着头。

"本多先生就是凶手。"久我和幸替他回答，"我昨晚就发现了这个事实，设下火柴棒的机关，只是用来确认而已。不过田所先生，请你耐心听我说下去，因为这次的事件很复杂，一言难尽。"

"怎么个复杂法？"

久我从口袋里拿出一个黑色的小盒子。"你们知道这是什么吗？"

本多雄一一看，顿时吃惊地张大嘴。

田所义雄打量了半响，小声说："好像是麦克风。"

"是窃听器。"久我和幸说。

"窃听器？"中西贵子跳了起来，冲到他身边细看，"在哪儿找到的？"

"交谊厅架子的最底下一层，用胶带固定着。"

"怎么会有这种东西……"田所义雄的脸颊抽搐着。

"这表示有人在某个地方偷听我们的对话。"久我和幸用平板的声音说。

久我和幸的独白

"虽然一直没有公开,但我和本多先生其实有不在场证明。"

"不在场证明?什么样的不在场证明?"

"无懈可击的不在场证明。"

我说出了那天晚上我和本多雄一的做法,田所义雄和中西贵子都哑口无言。

"既然有不在场证明,应该早说才是。"贵子说出了很自然的感想。

"我也如此认为。"我说,"但不可思议的是,本多先生迟迟不肯公开不在场证明。起初我也同意他的看法,觉得这样对彼此有利,但即使在明显应该公开的时候,他仍然继续隐瞒。不仅如此,他还再三叮嘱我保守不在场证明的秘密。在我被田所先生怀疑,觉得非公布不可的时候,他也从旁插嘴,阻止我说出来。那个时候,我终于起了疑心。这可以说是我怀疑本多先生的契机。"

回想起来,他从一开始就要彻底隐瞒不在场证明。我睡在他房间的第二天早晨,他突然叫我回自己房间,也是为了守住不在场证明的秘密。

我开始思考，不公开不在场证明对本多雄一有什么好处？可是再怎么想，也找不到合理的答案。那么，是公开不在场证明对他有什么不利吗？让其他人知道我和他不是凶手，究竟有什么不妥？

给了我灵感的，是中西贵子无心的一句话。她说："如果认定了某个人是凶手，最后发现其实不是他，一定很受刺激。"

我想，莫非是这样？有人认为本多雄一是凶手，本多也希望那个人始终认为自己是凶手，所以不愿让我说出不在场证明一事。

那个人是谁呢？为什么本多必须让那个人以为他是凶手？既然那个人以为本多是凶手，为什么不在大家面前说出来？

我意识到这个想法也有缺陷。我向他提出制造不在场证明时，考虑到我们当中可能有一方是凶手，决定让第三方知道我们当晚睡在同一个房间。这时，本多并不知道我会从雨宫、田所、贵子、由梨江中选择谁当证人，但他也没有特别说什么，这证明他觉得谁当证人都无关紧要。可见，他要让对方认为自己是凶手的那个人，不在这四个人当中。

推理走入了死胡同。我又从头开始分析，是哪里有盲点吗？还是本多雄一隐瞒不在场证明这件事，并没有特别的深意？

于是我决定当面去问本多，是不是可以公开不在场证明了？当时他是这样说的：如果知道了我们有不在场证明，凶手会受到刺激，搞不好会狗急跳墙，杀死所有人。

我觉得这个理由很牵强。前不久我们才讨论过，凶手没有足够的时间杀死所有人，而且如果着实担心这件事，也有很多方法

175

可以防范。本多不应该想不到这些。我心想，他果然还是想隐瞒不在场证明。但我没有继续刨根问底，因为我不希望本多发觉我对他已经起了疑心。

他到底想"对谁"隐瞒不在场证明呢？

答案来得很意外。讽刺的是，正是本多给了我提示。

"因为隔墙有耳。"我们离开他房间时，他这样对我说。在他只是不经意的一句话，却暗示了山庄里除了我们之外，还有其他人。

如果这栋山庄里还有另一双眼睛或一对耳朵，而那才是本多真正在意的——想到这里，有件事就有了合理的解释。我打算在交谊厅和他商量不在场证明一事时，明明周围别无他人，他却立刻提议去他房间谈。所以，那双眼睛、那对耳朵很可能就在交谊厅。

事实上，看到东乡阵平寄来的那封快信时，我就隐约觉得有人在监视我们，但我以为是东乡利用隐藏式摄像机在观察我们。既然他指示我们将这里的生活当作排练舞台剧，有此举动也不足为奇。

那么，"另一双眼睛"就是东乡的眼睛？一连串的事件果真都是导演的精心安排吗？

得不出明确的答案，于是我开始寻找摄像机。当然，我行动很小心，避免让本多雄一和可能在监视我的"另一双眼睛"察觉。但我找遍各处，一无所获。

难道是窃听器？我假装做体操，继续寻找。能够同时听到交谊厅和餐厅的动静，而且不受音响干扰的地方很有限。

就这样，我发现了藏在那个架子中的窃听器。

"问题是，"我说着，再次递出窃听器，"是谁在窃听。"

176

"果然是……东乡老师？"

"是吗？那本多先生为什么要让老师以为自己是凶手呢？"

"那……我就不知道了。"

"如果不是老师，又是谁？"田所义雄的声音在颤抖。

我走近本多雄一，把窃听器递到他面前。"请告诉我们，是谁在窃听？"

"……我不知道。"事到如今，本多依然装糊涂，"不是老师吗？"

"是吗？"我故意重重叹了口气，"那就没办法了，只有打电话问东乡老师。那样一来，一切就会真相大白。反正时限已经过了，打电话应该也没问题。"

"我去打电话。"中西贵子走向门口。

"等一下。"本多慌忙叫住了她。贵子停下了脚步。本多缓缓朝我转过头。"好吧，我说。"

"是谁在窃听？"我几乎可以预想到答案，但还是再次递出窃听器问道。

"雅美。"他答道，"麻仓……雅美。"

"果然。"我说。

"是她？"田所义雄问，"为什么？"

本多雄一看向田所，脸上浮现一抹笑意。"你昨晚不是分析了很多吗？麻仓雅美杀死温子、由梨江、雨宫三个人的动机。"

"啊，所以，你是替她复仇……"

"不过，和你说的动机有所不同，是更加强烈、理所当然要杀死那三个人的动机。"

"你杀了他们三个人吗？"

"是啊。"

"混蛋!"

眼看田所就要扑向本多雄一,我从背后架住他的胳膊,阻止了他。他摇晃着瘦弱的身体,拼命挣扎。"放开我!为什么要拦着我?难道你和杀人凶手……你站在杀人凶手一边?"

"冷静点。你忘了吗?我刚才说过,本多先生有不在场证明。"

"啊……"正在用力挣扎的田所像坏了的人偶般停止了动作,"对……那凶手到底是谁?"

"凶手是本多先生。"

"什么?你这话什么意思?"

"请你先听我说下去。不,应该说,"我再次望向本多,"是听本多先生说。其实我也想听他亲口说明。"

"我没什么好说的。"他把头扭到一边,"我是凶手,替雅美报了仇,这样够了吧?"

"本多!"田所义雄叫喊着。

这个人真烦人!一旁的中西贵子也哭了起来。

"本多先生,"我说,"既然你说自己是凶手,就请解释一下,元村由梨江小姐被杀时的不在场证明是怎么回事。如果你不是凶手,为什么不惜隐瞒不在场证明,也要让麻仓小姐以为你是凶手?"

本多雄一没有回答。从他的侧脸可以看出,他很苦恼,我也完全理解他的心情。

"如果你不愿回答,我就只有说出自己的推理了。只有一个答案可以解决前述的疑问,那就是——"

"等一下!"本多雄一瞪着我,"我不想听,别说。"

"本多先生，"我缓缓摇头，"你不可能一直瞒下去。"

"我知道。但至少现在……"他紧抿着嘴唇，向我投来哀求的眼神。

"怎么了？"满脸是泪的贵子问，"为什么现在不能说？"

"因为现在，"我出示窃听器，"这东西的主人正在听，本多先生不想告诉麻仓小姐真相。"

"真相？怎么回事？"

"快说啊，本多。"

"本多先生，"我顿了顿问，"那三个人现在在哪儿？"

贵子和田所听后都闭上了嘴，呆呆地看着我。

时间在众人的沉默中流逝。

本多雄一垂下了头，紧闭着双眼，艰难地说："对不起，雅美。我并不是要骗你……"

4

游戏室，继续。

"怎么回事？那三个人怎么啦？由梨江他们还活着吗？"中西贵子频频移动着视线问。

"他们还活着。对吧，本多先生？"

久我一问，本多雄一微微点了点头，依旧闭着眼，从口袋里拿出一张纸条。中西贵子接过，打开一看。

"民宿'公平屋'，电话号码××××。他们是在这里吗？"

本多轻轻点头，中西贵子跳着舞般离开了游戏室。

"呃，"田所义雄似乎还没明白，空虚的眼神交替看着两人，"这究竟是……"

"这次的事件是三重构造。"久我和幸说，"在一切都是演戏的状况下，发生真实的命案——这是麻仓小姐拟订的二重构造复仇计划，但本多先生又在这个基础上演戏，形成了三重构造。"

"什么？怎么回事？到头来还是演戏？"

"没错。本多雄一先生与扮演被害角色的三个人合作演出了这场戏。而观众只有一个人，不用说，就是麻仓雅美小姐。"

"这……"田所张着嘴，说不出话来。

过了不久，中西贵子气喘吁吁地走进游戏室。"联系上他们三个人了，果然还活着。"

"啊！"田所义雄跪在地板上，双手紧握，仿佛在感谢上天，"太好了！啊，太好了！他们还活着。啊，真是太好了！"

"他们三个马上就过来。公平屋这栋民宿其实就在附近，真是讨厌呢。接电话的是由梨江，我告诉她久我识破了一切，她很惊讶。"

"谢谢。"久我和幸向贵子行了个礼，又转向本多雄一。"既然他们很快就到，不如等所有人都到齐好了。这样更容易说清楚。"

本多抱着头蹲在地上，似乎在说，随便你们。

"告诉我，这是怎么回事？"贵子刚才去打电话，没听到其间的对话，于是问田所。

"是三重构造。"

"什么？"贵子瞪大了眼睛，然后若有所悟地点头。

不一会儿，敲门声响起。贵子冲过去开了门。本以为已经死了的三个人，一脸尴尬地站在那里。

"由梨江，啊，你果然……"再次见到心中爱慕的人，田所义雄满脸洋溢着幸福，仿佛随时会喜极而泣。

"我演侦探正演到精彩之处呢。"久我和幸对三人说，"来，请进吧。"

他们带着罪人般的表情走了进来。不，他们的确是罪人。

"我们开始吧。"侦探环顾所有人，"我之所以想到这起事件可能是一出三重构造的戏，源于几个提示。第一个提示就在这个房间，是电子钢琴的耳机。"

众人的视线都投向耳机。久我走近钢琴，拿起耳机。"第一起命案发生时，有一件很奇怪的事，就是耳机的电线插在插孔上。我觉得很奇怪，游戏室有隔音设备，为什么笠原小姐要用耳机？但后来再去查看时，耳机已被拔掉了。我想应该是本多先生意识到这一点很不自然，所以事后拔掉了耳机。"

"温子，你用过耳机吗？"中西贵子问。

温子似乎已不打算隐瞒，点了点头。

"咦，为什么？"

"因为只要戴着耳机，即使没有发觉有人偷偷靠近，也显得很自然。所以笠原小姐戴了耳机。"

"什么？你说什么？"田所义雄似乎没听明白，追问道。

"如果没有戴耳机，"久我和幸缓缓地说，"凶手从背后靠近时，就应该会听到脚步声，尤其中途停止演奏的时候。"

"那倒也是。"

"如果明明应该听到脚步声，却假装浑然不觉，轻易被杀，岂不立刻就会被识破是在演戏？"

"哦，也是。不，等一下，虽然说是三重构造的戏，但总不会真的演出杀人那一幕吧？"

"不，真的演了。"久我和幸斩钉截铁地说，"关于这一点，我稍后再说明。但请你们记住，所有的行凶场景都真实演出了。"

看来他已彻底识破了真相。

"所有的……"

田所似乎还没反应过来，久我不理会他，问本多："你是什么时候拔掉耳机的？"

"当时不是所有人都去检查出入口吗？我最后一个离开这里，离开之前若无其事地拔掉了耳机。我知道在隔音的游戏室里戴耳机很不自然，但也想不出更好的办法。"

"我想也是。"久我点点头，继续说道，"第二个提示，是元村由梨江小姐遇害时的停电。当然，那并非巧合，而是有人刻意为之。大概是暂时关掉了电源总开关吧。为什么要这样做呢？关键在于那天晚上，我和本多先生制造了不在场证明。"

本多雄一重重地叹了一口气。"到头来，我答应你制造不在场证明成了一大失策。"

"是啊。但如果你不答应，你觉得我会怎么想？"

"你当然会怀疑我。"

"而且很可能会整晚监视你。"

"在那个阶段，我不能引起你的怀疑，况且也没有理由拒绝，老实说，真的很伤脑筋。"本多抓了抓头。

"所以你决定请雨宫先生代替你扮演凶手的角色，演出杀元村由梨江小姐那一幕。"

被久我挑明后，雨宫扭过了脸。田所义雄和中西贵子似乎已决定先静听说明，因此只露出惊讶的表情，什么都没说。

"你是洗完澡一出来就拜托他的吗？"

"是，没错。"本多没好气地回答。

"果然如此。因为本多先生刚离开，雨宫先生就进来了。"

"不过那时候，我只拜托他拖延你洗澡的时间，打算利用这段时间完成杀人计划。"

"原来是这样，我想起来了。"久我看着雨宫，"你当时的确和我聊了很多。"

"可是，我发现我没办法演出行凶那一幕。我来到由梨江房门前时，听到里面传出田所的声音。"

田所"啊"地轻呼一声，然后捂住嘴，难为情地低下了头。

"原来就是那个时候。"久我露出恍然的表情。

"无奈之下，我在雨宫房间留了便笺，请他代替我演那出戏。"

"原来是这么回事。"久我和幸满意地点了点头，重新看向雨宫，"雨宫先生想必很为难，因为他要代替本多先生演出行凶这出戏，必须解决一个重大问题，就是不能被人看到脸。"

"为什么？"中西贵子似乎百思不得其解，带着怒意说，"我不明白，为什么一定要演行凶那出戏？为什么不能让人看到脸？又不会有人在看。"

听了她的话，相关的人都垂下了视线。房间里笼罩着尴尬的气氛。

"没办法。"久我和幸苦笑着说，"我本已安排好说明的顺序，但看现在的情形，很难解释清楚。当然，除了田所先生和中西小姐，其他人都很清楚是怎么回事——"

"只有我们两个人是局外人吗？"中西贵子气呼呼地说。

"我现在就来解释。首先是刚才的窃听器，我起初想的是，那个人究竟在哪里窃听呢？是住在附近的旅馆吗？窃听器的有效范围有多大？"

"应该很大吧。"田所义雄喃喃地说，但似乎并没有经过深思。

"可是随着推理的深入，出现了必须进一步思考的问题。那就是，另一个人真的只满足于听到这里的状况吗？难道不想亲眼看到吗？"

"摄像机？"中西贵子缩起身子，查看四周，"可是你刚才不是说，没有摄像机……"

"的确没有，"久我和幸说，"但是我反复思考后，认为另一个人，也就是麻仓雅美小姐，不会满足于只是听到这里的状况。不，考虑到她的目的，她一定想亲眼目击行凶现场。"

他果然发现了这个诡计。

"话是这么说，"田所义雄也不安地扫视着周围，"怎样才能看到呢？"

"很简单。不过，在我正确地画出这栋山庄的平面图之前，我也半信半疑。"

"啊，我想起来了，昨晚你就在画这个。"

"画了平面图后，我终于确信，我的推理正确无误。"

"别吊胃口了，快告诉我们，麻仓雅美在哪儿，她是怎么监视我们的？"田所义雄不耐烦地问。

"近在眼前。"久我和幸回答。

"什么？"

"好了，请出来吧，我是说你。"久我转过身，指着我说。

久我和幸的独白

"我是说你。"我指着老旧扩音器说。不,那只是形状像扩音器,其实并不是。在它后方的墙壁上应该有一个洞,她就是从里面观察着我们。

"你在说什么啊?"中西贵子瞪大了双眼,田所义雄也呆住了,说不出话来。

"第一现场是这间游戏室,第二现场是隔壁的房间,这两个房间之间有什么?"

"有什么……不就是墙壁吗?"田所义雄茫然地回答。

"其实并非如此。只要看平面图就能一目了然,两个房间之间,有一个与那边的储藏室同样宽度的细长形空间。不,确切地说,是这个储藏室本来就有那么大的容积。"我看向中西贵子。"你知道这栋山庄后面竖了一张台球桌吧?"

贵子连连点头。

"我一直很疑惑,为什么台球桌会放在那里呢?其实本来是收纳在这个储藏室里的,但为了确保那个人可以藏身其中,不得不把它搬了出来。"

"就是说……有人躲在里面？"田所义雄表情僵住了，从墙壁前离开。

我回头看着本多雄一。"可以请她出来吗？如果她无法自己出来，我可以帮忙。"我朝储藏室迈出一步。

"不用了，"本多说着，快步抢上前，"我带她出来。"

"拜托了。"

"本多，我也来帮忙。"

雨宫京介走上前，但本多伸手制止了他。"你不要管。"

他有些沮丧地弓着腰，背对着我们打开储藏室的门。里面是约半叠大小的空间，但空无一物。

他走进里面，面向左侧，双手将墙板往上推。随着一声低响，墙板脱落了。不，确切地说，那只是一块贴了墙纸的三合板。

"原来有这样的机关！"中西贵子发出惊叹。

本多拆掉木板，走了进去。我们走到门口附近，不久，里面传来低低的说话声。

"你都看到了。"

"嗯。"

"你没事吧？"

"没事。"

咔嗒咔嗒的声音愈来愈近，我们向后退开。不一会儿，从储藏室中出来一个坐着轮椅的年轻女人，本多推着轮椅。女人似乎觉得光线很刺眼，伸手遮着眼睛上方，不住地眨眼。

"雅美！"中西贵子叫了一声，却想不出接下来该说什么，只是张着嘴。

"这是……怎么回事？"田所义雄也吃力地问，频频看向我们。

"就是这么回事。麻仓雅美小姐之前一直躲在这里，可能在我们入住前就进来了，对吧？"

麻仓雅美点了点头。她比试镜时瘦了许多，下巴变尖了，头发也有点脏污，充分表明了她这四天来的辛苦。

"为什么要这样做？"田所连连摇头，似乎觉得无法理解。

"刚才不是说了吗？是为了看杀人剧。本多先生实施复仇，麻仓小姐暗中观看。我们曾经讨论过凶手为什么要选择这里，这就是原因。"说完，我看着本多和麻仓雅美。"我可以进去看看吗？"

"可以吗？"本多问她。

"可以啊。"她回答。

我走进储藏室，中西贵子和田所义雄也紧随而入。

"哇……"贵子惊叹了一声，再也说不出话来。

拆掉了隔板的储藏室，是一个如同走廊般狭长的房间。走到储藏室最深处，三面墙壁上都开了约一张脸大小的方孔，必须蹲下来，才正对眼睛的高度，但如果坐在轮椅上，位置就刚好。

"啊，可以看到由梨江她们的房间。"中西贵子凑到右边墙壁的洞前张望了一下，说道，"原来安装了单向玻璃镜。"

"从这里可以看到交谊厅。"我看着正面的洞说。因为交谊厅是开放式空间，隔着走廊的栏杆，可以看到交谊厅和餐厅的一部分。这里与游戏室、由梨江的房间之间也分别安了镜子，应该也是单向玻璃镜。"餐厅……只能看到靠近交谊厅的餐桌，不过我们都坐在那边，所以也没问题。"

我原本以为我们使用的餐桌是随机定下来的，但其实是本多雄一巧妙地诱导了大家。

"这个洞开在扩音器后面。"田所义雄看着游戏室说。

暗淡的光线中，我环顾四周，发现地上掉了支笔形手电筒，于是拾起摁亮，看到了耳机和调谐器。

"这是窃听器用的吗？"田所义雄问。

"估计是。"

我再细看周遭，堆积着补充能量的食品和罐头，亏她就靠这些东西撑了四天。旁边还有车载便携式马桶，看到这个，我似乎感受到了麻仓雅美内心的执着。

从储藏室出来，正看到本多雄一把手伸进麻仓雅美的衣领。我心想，这是在干什么？仔细一看，才发现他是拧了毛巾给她擦背。我们出来后，他也没有停手，最后还替她梳理了头发。麻仓雅美一直闭着眼睛，任由他照顾。

以常理来说，得知受骗后，应该会很受打击，但从她的脸上看不出这种神色，对本多也不像生气的样子。我不知道是因为两人感情深厚，还是因为过于疲劳使得她精神迟钝，对一切都无感了。

笠原温子和元村由梨江在房间的角落不住哭泣，一旁的雨宫也垂头丧气。

"你就是久我先生吧？"没想到是麻仓雅美首先打破僵局，"请你继续说下去。"

"好的，呃……"突然被她点了名，我慌张地站了起来。这是干什么？我现在可是在演侦探呢！

"你刚才说到为什么会停电。"

"噢，对，谢谢。"我忙不迭地鞠躬道谢，蓦然意识到这样会威严扫地，忙又微微挺起胸，清了清喉咙。"嗯——也就是说，一切都是基于麻仓雅美小姐在暗中观看的前提下演出来的。雨宫先生要代替本多先生演出杀元村由梨江小姐这场戏，他经过思考，决定在黑暗中行凶。雨宫先生先关掉电源总开关，再去元村小姐的房间。如此一来，即使元村小姐打开台灯，灯也不会亮，就不会被麻仓雅美小姐看到脸——他应该是这样打算的。元村小姐自然会起疑，因为当对方接近到足以动手的距离时，她一定会发现对方不是本多先生。但元村小姐事先从我这里得知，我和本多先生准备制造不在场证明，所以才能在刹那间就反应过来，把被杀这一幕顺利演下去。不过这都是我的想象。"

"你的想象完全正确。"麻仓雅美向元村由梨江投去冷静的眼神，"由梨江也演得很好。"

由梨江仍然在哭泣。

我看着本多雄一。"就这样，你总算完成了杀死元村小姐的难题，但和我共同制造的不在场证明还是导致了事情的败露。"

"是啊。"他点头说，"当时你提出要让第三方知道我们睡一个房间的事，得知你选择的证人是由梨江时，我还觉得很幸运。"

"如果是其他人，你就必须马上去封口。万一那个人不小心说漏了嘴，被麻仓小姐知道就麻烦了。"

说着，我想起了当我告诉本多，我选择了由梨江当证人时他的反应。当时他显得很吃惊，问我是不是去了她房间。得知我是在盥洗室遇到她后，明显松了口气。我还以为他在男女关系方面很古板，但事实并非如此。如果我在由梨江的房间说出要和本多制造不在场证明的事,必然会引起麻仓雅美的怀疑。第二天一大早,本多就把我赶回自己房间,其实在那之前,他已经先去看过雅美的情况,确认她还在熟睡。

"第三起事件没有特别的问题,只有一件事我还不明白,就是安眠药到底下在了哪里?"

"在汤里。"本多回答,"虽然我刻意在大家面前冲泡,但已事先将安眠药放在了杯子里。当然,我和雨宫的杯子除外。"

原来如此——我用力点头。"是这样啊。知道答案后就很简单,但我之前全部注意力都放在牛奶上了。以上就是为了骗过麻仓雅美小姐而策划的一出戏。此外还有几件事,明显可以看出本多先生和雨宫先生是共谋,这些以后再慢慢讨论吧。"

我说完后,所有人的视线很自然地集中到麻仓雅美身上。她可能也意识到了这一点,微微挺起胸,看着我们。"似乎轮到我来说了。"

"我想问的事像小山一样多。"

"我知道,可是从哪里说起呢?"

"就从动机开始吧。"

"动机啊……"麻仓雅美闭上眼,然后用异常犀利的眼神望着我。

5

游戏室。

每个人都看着我。到目前为止登场的人物,久我和幸、中西贵子和雨宫京介都看着我……

现在,我的视角已经不再是上帝视角,我也成了登场人物之一。

"拜托了,麻仓小姐。"久我和幸说,"请告诉我们动机。到底发生了什么事?"

"好吧,"我说,"我会毫无保留地说出来。"

房间里的气氛变得很紧张。

一切都始于那次试镜。

东乡阵平公布了七个人的名字,得知自己不在其中时,我以为是哪里搞错了。我自信所有的课题都表现得完美,除了拥有独特个性的中西贵子和展现出其他流派专业演技的久我和幸,我认为我不比其他任何应试者差。

然而结果令人难以置信。笠原温子和元村由梨江都能通过试镜，为什么我却落选了？试镜结果公布后，我去找过东乡阵平，质问他自己到底哪里不合格。

东乡阵平含糊其词，极不负责，说是剧团有自己的方针，他只是依照方针行事。我由此察觉到这件事必有隐情。

当天我就决定放弃演戏，回老家去。我觉得当务之急是让心情平静下来，尽快忘掉不愉快的事。

然而，笠原温子、元村由梨江、雨宫京介三人却找上门来，简直像在故意刺激我。他们试图说服我继续演戏，却全然不知我是怀着怎样的心情听他们说这些话。最令我受伤的是雨宫京介的话，他说："如果你当时演麦克白夫人，评委会给你满分。"

他想以此表明我的演技如此出色，放弃演戏委实可惜。但这句话也道出了他的心声，就是他认为我不该不自量力地去演朱丽叶。

笠原温子和元村由梨江听了这句话，也都用力点头。毫无疑问，她们也都和雨宫有同样的想法。

他们之后说的那些话，我几乎都没听进去，心里只是在想，为什么我要遭受这样的羞辱呢？这种想法就如同火山下的熔岩般在心底不住奔涌。

他们没有注意到我的情绪，继续用露骨的奉承话劝我。我的忍耐已经到了极限，终于忍不住叫道："你们用卑劣的手段通过了试镜，我才不想被你们这种人同情！"

我突如其来的爆发吓了他们一跳，他们立刻质问我这话是什么意思。我就说，温子是靠和东乡阵平上床得到的角色，由梨江是靠花钱。他们当然很恼火，马上站起身来。最怒不可遏的是温子，她撂下话说，即使我以后想回到戏剧界，她也不会帮我。

193

他们是开车来的飞䄳高山，车停在我家门前的停车场。附近食品店的货车刚好停在路上，挡住了他们的车。母亲得知后，去食品店找货车司机挪车，这期间，三个人就在我家的玄关前等待。

我在里面的房间听他们聊天，心想他们一定会说我坏话。但他们根本没有提到我的名字。温子拿即将订婚的雨宫和由梨江打趣，开玩笑说难得开车出来兜风，自己不该当电灯泡，雨宫则提议既然已经来了，不如稍微绕远路转转再回去。两个女人听了都很开心。

听着他们的谈话，我又一次怒气上冲。我觉得他们并不是真的想要说服我，在他们心里，只把归途当成兜风游玩，路上自然都是聊和自己有关的开心话题，对于放弃演戏的同伴提都不会再提。想到这里，我不觉悲从中来。剧团的其他成员一定也会很快就忘了我。

我的脑海里浮现出一个恶毒的想法，我要让他们在回去的路上受困。我拿上冰镐，从后门出来，扎破了他们车子的后轮轮胎，又扎破了备用轮胎。如今想来，这个想法真的很孩子气，但我就是想破坏他们回程兜风的兴致。

我动过手脚，回到后门时，他们正好从玄关出来。温子明明看到了我，却连招呼也没有打一声。

食品店的货车移开后，他们也出发了。我从二楼的窗户目送他们离开。他们的车使用的是子午线轮胎，气不会很快漏光。他们开到什么地方才会发现呢？到时候说不定会向我求助。

我想象着这些事，心里渐渐不舒服起来，开始觉得自己做了蠢事，忍不住厌恶起自己，最后甚至祈祷他们能平安回到东京。

这时，我接到了电话，是温子打来的。听到她的声音，我心里一惊，因为她在哭泣。

"不好了，怎么办？怎么办？雨宫和由梨江，他们掉下去了……"

"你说什么？我听不明白，他们两个人怎么了？"

"掉下去了，连人带车！方向盘突然失控……我在坠落前跳车逃生，但他们两个来不及反应，坠下了悬崖……从那么高的地方跌落，一定没救了！他们死了，死了！"

我的耳朵开始嗡嗡作响，但不是因为温子的尖叫。剧烈的头痛向我袭来。我挂了电话，回到房间，用毛毯蒙住自己，想让心情平静下来。但"杀人"这两个字不断在我脑海里盘旋，我杀了人，我杀了雨宫京介，杀了元村由梨江。

不知道过了多久，当我回过神时，已经将滑雪用具堆到车上。母亲问了我什么，但我完全不记得自己是怎样回答的。

我决心一死了之。既然杀了人，通向未来的门已对我彻底关闭。

我选择那个地方是有原因的。我从小喜爱滑雪，时常和朋友一起去滑，而那块"禁止滑降"的牌子一直让我很挂心。那里究竟有什么危险呢？也许虽然危险，却有机会见到前所未有的景象。正因为那里是禁地，更让我充分展开了想象的翅膀。

因此，当我觉得唯有自杀一途时，我毫不犹豫地前往那里。那里一定是最适合我的葬身之地——仿佛冥冥中早已注定一般，我径直奔向那里。

"禁止滑降"的牌子翻新了，但仍插在和儿时相同的位置，前方的雪地上没有一丝滑过的痕迹。我深吸了一口气，滑向那片全新的雪地。

　　我将重心略略后移，翘起滑雪板的前端前进。穿过树林，滑下陡坡。经过一片小树林时，我找到了自己的葬身之地。正前方，纯白色的斜坡延伸开去，宛如丝带一般，在前方戛然而止，下面是幽暗的深谷。

　　我闭上眼，滑向死亡。几秒钟后，我感到天旋地转，瞬间失去了意识。

　　醒来时，我躺在医院的病床上。我花了一些时间，才想起自己身上发生了什么事。我甚至忘了自己要寻死，但当我想起后，就深深懊恼怎么没死成。母亲流着泪庆幸我的生还，我却看到她就心烦。她问我为什么要去那里滑雪，我没有回答。我无法对她说，我是想去寻死。

　　更令我在意的是雨宫京介和元村由梨江的事，不知道他们的遗体怎样了。委婉地向母亲问起时，她的回答却完全出乎我的意料。

　　"我通知了雨宫先生他们，大家都很担心你。"

　　"雨宫……他在吗？"

　　"在啊，在剧团里。我请他转告笠原小姐和元村小姐，他们可能不久就会来看你。"

　　雨宫京介和元村由梨江都还活着……

　　我终于意识到自己被骗了。他们发现轮胎被扎破后，一定感到进退维谷，然后猜到了这是我做的手脚，温子才会打电话来骗我。他们是借此向我报复。温子演得太逼真，我完全上当了。

　　之后，我知道了自己的身体状况。虽然没受严重的外伤，但控制下半身活动的中枢神经受损，正如医生所说，我腰部以下的肌肉完全无法动弹，就像失去了下半身。我一连哭了好几天。虽然这是我自己造成的，但一想到导致我落到如此地步的缘由，我就从心底涌起恨意。我请母亲谢绝他们的探访。

我比预想中早出院，但行动全要依靠轮椅。出院当天，本多雄一正好来看我。本来我打算暂时不见任何人，尤其不想见剧团的人，但听说他来了，我还是想见上一面。因为本多雄一是对我的演技评价最高的人，待我也总是很亲切。我隐约感觉到，他应该对我有好感。他也曾在圣诞节送我项链，但我并没有把他当成恋爱或结婚的对象，只当作是好朋友。

本多雄一带来了花束、古典音乐CD、搞笑漫画和科幻电影的录像带，每一样都是我喜欢的。之前我都忘了世界上还有这些东西，看到时高兴得流下泪来。他回避了我的腿、滑雪、演戏和试镜等话题，和我聊了很多其他的事。看得出他事先做了充分的准备。

本多雄一的来访让我的情绪稍有好转，但并没有持续太久。他走后，寂寞和痛苦反而变本加厉，如同海啸般向我袭来。我用剃刀割腕，第二次试图自杀。我呆呆地看着鲜血流淌，虽然似乎听到了母亲的呼喊声，却没有力气回答，只盼着死亡尽快到来。

这时，我突然听到了本多雄一的声音。我以为是幻听，没想到是真实的。他冲到我身边，用毛巾紧紧绑住我的手腕，不停地对我说，不要做傻事，不要做傻事。回过神时，我发现母亲也惊慌失措地站在一旁。

我刚刚出院，又去了医院处理伤口。说来惭愧，伤口并没有深达动脉，只是皮外伤，即使不加理会，也很快就会止血。听了医生的话我才知道，原来我连自杀都做不到啊。

之后，就剩下我和本多雄一两个人。他原本已去了车站，打算回东京，但因为总觉得我神情有异，特地又回来看我。

我向他坦白了一切，将那三个人来找我以及我为什么要自杀的事都告诉了他。他完全理解我的痛苦、悲伤和愤恨，将脸埋在我轮椅上的双膝间哭了起来，最后咆哮说，他绝对不原谅那三个人，要给他们一个教训，让他们跪在我面前道歉，直到我原谅为止。

但我摇了摇头。即使他们向我道歉，我的未来也已无可挽回。纵然他们一时感到自责，随着时间的流逝，也会忘了我的事，因为他们有着光明的未来。我也告诉本多雄一，虽然你现在对我很尽心，但迟早会不再挂念我这个身体残疾的女人，偶尔想起来，不过是叹一口气，感叹怎么会有这种事而已。

他听到我这样说，涨红了脸，用坚定的口气说："你不相信我吗？我会永远陪伴在你身旁。雅美，你可以命令我，无论什么事我都愿意做。我该做些什么？你希望我做什么？"

本多雄一拼命地叫喊着，我却无法轻易接受他的热情。空口说白话谁不会啊。

"那么，"我说，"你可以杀死那三个人吗？"听了这句话，他明显迟疑了。我继续说道："看，你做不到吧？那就不要随便夸下海口。"

他沉默了片刻，抬起头，看着我的眼睛。"好，我明白了。我会杀了那三个人。"

久我和幸的独白

"我当时的确没有立刻回答,"听过麻仓雅美的长篇自白,本多雄一开口了,"但我并不是在犹豫,而是再次确认自己的心意。老实说,从雅美那里得知原委的那一瞬间,我就想杀了他们三个人。也许有人会说雅美是自作自受,但我认为并非如此。他们三人应该首先扪心自问,为什么雅美要扎破轮胎?而且就算是报复,撒那样一个谎也太过分了,我不能原谅。"

"都是我的错。"笠原温子哭得更厉害了,"是我想的主意。当时轮胎破了,我们被困在路上,我立刻想到是雅美干的,于是想要教训她……如果她以为发生了车祸,两人死亡,一定会自我反省。都是我,都是我不好!"

元村由梨江抱住痛哭的笠原温子,也流下泪来。"不是温子一个人的错,我也没有反对。"

"我也是。"

三个人竞相开始忏悔。我用手势示意他们先冷静,然后转向本多他们。"所以你们就拟订了杀人计划?"

"计划是我拟订的。"麻仓雅美说着环视室内,"这个山庄是我叔叔的,当我决定复仇时,立刻就想到了这栋建筑。你知道为什么吗?"

"因为这里有机关吧?"我用拇指指着储藏室。

"没错。我不想让本多在其他地方杀死他们。就像你刚才说的,我想亲眼看到复仇的过程,否则,总觉得不够快意。"

"所有的窥视孔都是原来就有的吗?"

"原本只有一个。我叔叔这个人品行不大好,所以设计了这个窥视孔,可以偷看隔壁的房间。如果有年轻女客住在那里,他多半会躲在储藏室里偷看。"

"你叔叔就是那位小田先生吗?"想起第一天见到的中年男人,我问道。麻仓雅美点了点头。那人看起来纯朴老实,没想到是个偷窥狂。"那可以偷看交谊厅和这个房间的窥视孔呢?"

"那是我拜托叔叔做的,我还请他安装了窃听器和贴了墙纸的隔板。"

"这么说,你叔叔也知道杀人计划?"中西贵子瞪大眼睛问。

麻仓雅美摇了摇头。"我叔叔什么都不知道。我只告诉他,我们要在这里排练舞台剧,而且要演绎出实际生活的感觉,这是导演东乡老师的指示。我奉老师之命暗中观察大家,所以要偷偷躲起来。叔叔听后,很高兴地替我把一切都布置妥当了。"

"他很容易上当嘛。"中西贵子幽幽地说。

"这栋建筑没多久就要拆了。我叔叔是个大大咧咧的人,所以经营状况好像很惨淡。这么老旧的房子,房间也没有独立浴室和洗手间,本来就吸引不了现在的年轻人,所以他根本不介意在墙上开几个洞。"

"因为少人问津,所以整栋包下四天也不是难事?"我问。

麻仓雅美点了点头。"是啊。我叔叔打算在黄金周接待几批客人,然后就把店关掉,在那之前处于半停业状态。所以一开始我说要租用四天排练舞台剧,他还嫌麻烦不想答应,直到我说只需准备食物和燃料,其他都不用管,他也可以不住在这里时,他才突然欣然同意。此外,他对我要偷偷躲起来这件事好像也很满意。"

我想起第一天小田伸一说的话。他说是通过中间人接受了东乡的预约,原来这个中间人就是麻仓雅美。那时,他当然知道麻仓雅美正躲在里面,看来他也是个出色的演员。

"就这样,一切准备就绪,只等你们到来。"

"以东乡老师名义写的那封信,自然也是出自你的手笔了?"

"是的。据本多打听到的消息,虽然试镜了,但东乡老师正处于严重的创作瓶颈期,恐怕暂时写不出剧本。不过以他的个性,自然不会跟你们说实话。所以我确信,不用担心被你们识破那封信是伪造的。只是信封上的邮戳不能是飞弹高山,所以我让本多从东京将信寄出。"

唉,东乡果然如我所料已经陷入瓶颈。本来还想借这个机会一举成名,这份雄心也化为泡影了。

"为什么不是只找来要报复的三个人,而是把所有试镜合格的人都找来呢?"

"当然是为了避免引起怀疑,我希望完美地实施这个计划。"

"原来如此,你说得没错。"我叹了口气,"这的确是个出色的计划。一个接一个杀掉那三个人,而且相关的人既不能报警,也不能逃离，这样的状况也只有用这种方法才能实现。"

她终于露出一丝微笑。"你之前也这样夸奖过我，说如果这是真实发生的命案，就是完美的杀人计划。"

"我不是夸奖，而是觉得恐惧，对凶手的才华感到恐惧。"我抬起头，"本多先生听了这个计划后，并没有忠实地执行。你可以告诉我们缘由吗？"

"在这之前，我先说一件事。"本多雄一说，"雅美隐瞒了一件事。"

听了他的话，麻仓雅美惊讶地扭过身。"我什么都没有隐瞒啊。"

"不，我知道的。正因为知道，才能够理解你为什么要扎破轮胎。"他看着我的视线缓缓移向一旁，"雅美……喜欢雨宫。"

"什么？"中西贵子的声音仿佛哽在了喉咙里，我也吃了一惊。

"本多，那是……"

"没关系，你不用隐瞒了。我知道我喜欢的女人的一切。"本多带些自嘲意味地笑了，然后看向我。"你称赞过她演的朱丽叶。"

"是的。"

"可是，愚蠢的评委却看不出她的优秀，而是被由梨江的美貌所迷惑。当然，这不是由梨江的错，问题在于，雅美为什么要演朱丽叶。"

我当然不知道个中缘由，只有沉默摇头。

"因为当时是雨宫演罗密欧。"

我忍不住"啊"了一声。这一说我也想起来了，的确是这样。

"虽然雅美什么都没说，"他双手轻按着她的肩头，"但我想，和喜欢的男人一起演《罗密欧与朱丽叶》应该是她的梦想。这样说可能不太合适,但以雅美的条件,恐怕永远不会有演朱丽叶的机会。不过,这也是我喜欢她的地方。"

麻仓雅美垂着眼帘,安静地听着他的话。从她的反应,我明白本多所言不虚。

"正因为这样,"本多再次恢复了严肃的表情,"我更加不能原谅雨宫他们对雅美的行为,尤其是雨宫说的话。被饰演罗密欧而且是自己喜欢的男人说'你不适合演朱丽叶',这是多么大的打击!更何况温子和传闻要跟雨宫订婚的由梨江也都同意他的看法。"

"可是,"中西贵子说,"她们不知道雅美喜欢雨宫,这也不能怪她们啊。"

"不,她们知道,所以才会邀上雨宫一起去说服雅美,因为她们觉得雅美会听他的话。"

"是这样吗?"

中西贵子问,笠原温子微微点了点头。"是……的确有这个目的。"

"而且,他们甚至没意识到已经深深伤害了雅美,雨宫和由梨江把回程当作约会兜风,温子还在一旁调侃,这也太没心没肺了,难怪雅美会愤怒。"

"别说了,本多。被你这一说,感觉自己更悲惨了。"

"啊,对不起。"被雅美打断后,本多雄一慌忙道歉,然后再次看着我。"总之,听了她的话后,我怒不可遏,想要杀了那三个人。可是随着时间的推移,我觉得我还是做不到。说到底,我只是个普通人。"

不,那不是普通,而是正常。

"而且听雅美的杀人计划时,我有种感觉,她似乎打算在复仇之后自杀。你也说过,凶手行凶之后的打算很不明确。雅美说自己会设法脱身,但我再怎么想,都没有办法可以全身而退。"

"你有什么打算呢?"我问麻仓雅美。

"他说得没错,"她无奈地回答,"我的确打算自杀,留下声称自己是凶手的遗书。我不想让本多成为凶手。"

"可是,"我看着她的下半身,"你没有行凶的可能。"

"是啊,但也无法证明我不是凶手。"

"这……"我无话可答,唯有沉默,然后看向本多,催促他继续说下去。

"总之,我觉得我不能实施这个计划。"他再度开口,"我也可以简单地拒绝雅美,但这样一来,雅美对他们三人的恨无法消失,以后也将继续痛苦下去。于是我想到,可以把这一切当一场戏来演。我向他们三个人说明了原委,他们都同意配合。但我并不感谢他们,我觉得这是他们的分内之事。"

"你觉得只要演给麻仓小姐看,她就会满意了吗?"

"不,不是这样。我相信她一定会中途叫停。不管她的恨有多强烈,也不可能坐视三个同伴一个个被杀,她一定会发现自己要做的事有多么可怕。到那时,即使她知道了一切都是演戏,也不会生气,而是会松一口气。所以我事先跟她约定,如果遇到紧急情况,就用力敲墙壁。"

"但现实是,行凶一直进行到最后。"

"是啊,出乎我的意料。"本多低着头说,"我本来以为,至少杀死雨宫的那一幕她会叫停。"

难道她的恨意如此强烈吗？

"我有一个疑问。杀元村小姐时用的凶器是你找到的，这是出于什么目的？如果没有找到那个凶器，计划应该会进行得更顺利。"

"那是雅美一开始就计划好的。她说，如果当事人不知道自己为什么被杀，就不算是复仇。这样做是为了让第三个人感到恐惧，意识到这出杀人剧很可能是真的，促使他思考凶手的动机。当我知道第三个人是雨宫时，我终于明白了她的用意。她是想告诉雨宫，自己是凶手。"

"我们讨论动机时提到了麻仓雅美小姐的名字，这也在你们意料之中吗？"

"是的。如果没有人提及，我就会主动提出，然后雨宫发挥演技，极力否定雅美是凶手的说法。好在田所很配合地提出了，把气氛推向了高潮。不过温子被杀后，你立刻说到了雅美的事，让我一时很慌张，因为觉得时机还不成熟。"

我回想起当时的情景。除了本多雄一，雨宫京介也否定了我的发言。

"花瓶上沾的血是怎么回事？"

"就是这个。"本多挽起左臂的衣袖，手肘下方贴了创可贴。"我用剃刀割了一下，反正也看不出是谁的血。"

"没错。"

"你的直觉很敏锐，贵子也是。讨论处理尸体的话题时，她马上想到了水井的事，真是帮了大忙。"

听到本多的称赞，贵子露出开心的表情。

"我所做的一切都是为了雅美。我并没有想骗她。但如果雅美恨我，我也无可奈何。我实在没有别的办法可想。"本多雄一的口气几近自暴自弃，但也许这就是他表达爱情的方式。我注视着麻仓雅美，她的表情一直没有变化。

在所有人的注视下，她开了口。"我……知道这是演戏。"

不知是谁"咻"地倒吸了一口气，我也不住地眨着眼睛。

"你知道？什么时候知道的？"本多雄一问。

"从一开始我就觉得奇怪，一切都进行得太顺利了。由梨江和温子刚好一起住进了那个房间，第一晚温子一个人弹钢琴，她戴耳机这件事也让我不解。不过，直到第二天晚上，我才确信这是特地演给我看的戏。"麻仓雅美抬起头，用真挚的眼神看向呆立着的田所义雄。"田所，你那晚不是去了由梨江的房间向她求婚吗？"

突然被提到名字，并且说出了内心的秘密，田所吃惊地张大了嘴，愣住了。

"当时由梨江说，她和雨宫之间没有什么。看到她的反应，我恍然大悟，由梨江知道我在监视她。"

"啊……"由梨江的脸悲伤地扭曲着，她用双手掩住了脸。

"所以，你明知道都是假的，还是看到了最后？"本多雄一问。

"没错。"

"为什么？"

"这个……"她侧着头说，"我自己也说不清楚。起初知道一切都是演戏时，我的确很生气，但我并不想叫停，我想继续看下去，看你们到底怎么演。"然后，她转向一直沉浸在悲伤中的三个人。"你们演得很好。"

"雅美！"雨宫京介再也按捺不住，冲向轮椅，跪在麻仓雅美面前,"对不起,我不奢望得到你的原谅,但至少让我有机会补偿你。只要我能做到,我愿意做任何事。你尽管吩咐。"

笠原温子和元村由梨江也哭着跪了下来。

"他们打算放弃演戏,"本多说,"而且想要为你做点什么。"

"是吗……"麻仓雅美低头看着他们三人,然后摇了摇头,"很遗憾,我没有什么事让你们做。"

三个人同时抬起头。

"因为,"麻仓雅美说,"既然我没有成为杀人凶手,首先就要寻找自己可以做的事。"

"雅美……"本多雄一的泪水夺眶而出,麻仓雅美安静地握住了本多放在她肩膀上的手。

"你们不要放弃演戏。"她对三个人说,"我已经又一次体会到,演戏是很美好、很棒的事……"

一直压抑着内心感情的麻仓雅美,也不由得哽咽起来。

我身旁的田所义雄开始啜泣,中西贵子更是泣不成声。

真是受不了,这些人也太天真了吧!这样的肥皂剧,怎能满足挑剔的观众?更重要的是,我这个侦探完全没有存在感了。

亏我完成了这么一出完美的推理剧——

怎么回事?我的泪腺也痒痒的。笨蛋,不可以为这点小事就流泪!如果现在哭出来,就真的变成闹剧了。不能哭,不能哭,不能哭!

不知何时,中西贵子走到我身旁,说:"这个给你。"

她递出已经湿透的手帕。

图书在版编目（CIP）数据

大雪中的山庄／〔日〕东野圭吾著；李盈春译．――
北京：北京十月文艺出版社，2017.6
 ISBN 978-7-5302-1683-5

Ⅰ．①大…　Ⅱ．①东…②李…　Ⅲ．①长篇小说―日本―现代　Ⅳ．①I313.45

中国版本图书馆CIP数据核字（2017）第082534号

著作权合同登记号　图字：01-2017-2692

ARU TOZASARETA YUKI NO SANSOU DE
© Keigo Higashino 1996
Original Japanese edition published by KODANSHA LTD.
Publication rights for Simplified Chinese character edition arranged with KODANSHA LTD.
through KODANSHA BEIJING CULTURE LTD. Beijing,China.
All rights reserved.

大雪中的山庄
DAXUE ZHONG DE SHANZHUANG
〔日〕东野圭吾　著
李盈春　译

出　　版	北京出版集团 北京十月文艺出版社
地　　址	北京北三环中路6号
邮　　编	100120
网　　址	www.bph.com.cn
发　　行	新经典发行有限公司 电话 (010)68423599
经　　销	新华书店
印　　刷	河北鹏润印刷有限公司
版　　次	2017年6月第1版
印　　次	2024年3月第16次印刷
开　　本	890毫米×1270毫米　1/32
印　　张	6.75
字　　数	145千字
书　　号	ISBN 978-7-5302-1683-5
定　　价	35.00元

质量监督电话　010-58572393
如有印装质量问题，由本社负责调换

版权所有，未经书面许可，不得转载、复制、翻印，违者必究。